책방을 열고 버틸 수 있게 해준
미세스 버티고에게 감사하며

버티고 있습니다

1쇄 발행 2022년 3월 18일

지은이 신현훈
펴낸이 정홍재

펴낸곳 책과이음
출판등록 2018년 1월 11일 제395-2018-000010호
대표전화 0505-099-0411 **팩스** 0505-099-0826
이메일 bookconnector@naver.com
Facebook · Blog /bookconnector
Instagram @book_connector

© 신현훈, 2022

ISBN 979-11-90365-30-7 03810

잘못 만들어진 책은 구입하신 서점에서 교환해드립니다.
boilerplate

책과이음 • 책과 사람을 잇습니다!

버티고 있습니다

대책 없이 부족하지만
어처구니없이 치열한
책방 미스터버티고 생존 분투기

신현훈 지음

책과이음

서점 주인 A의 대책 없는 반생기

현재 나는 한국 나이로 53세, 결혼 11년 차에 여섯 살 쌍둥이 아빠이자 동네책방 주인이다. 42세에 열 살 어린 여자와 결혼해서, 46세에 직장 그만두고 동네책방 주인이 되어, 48세에 쌍둥이 아빠가 된 거다. 한 달에 겨우 백만 원 버는 서점 주인 주제에 어쩌자고 이렇게 주책없고 대책 없나, 그 이야기다.

한마디로 제목을 붙이자면 '서점 주인 A의 대책 없는 반생기(半生記)'라고나 할까? 드라마 〈연애시대〉에 이런 장면이 나온다. 대형서점 직원인 주인공 동진한테 의사 친구 준표가 말한다. "그렇게 하면 너랑 나랑 끝이야. 그럼 넌 나한테 그냥 서점 직원 A인 거야." 이상하게 그 대사가 한동안 머릿속에서 떠나지 않는데, 지금 나를 가장 잘 설명해주는 말인 것 같다. 서점 주인 A.

대단치 않은 사람이라는 게 아니라 별 볼 일 없는 사람이라는 얘기다. 책방 한답시고 황송하게 출판 의뢰까지 받아 이렇게 글을 쓰고 있지만, 이 이야기를 끝마칠 수 있을까 의문이고, 이게 정말 책으로 출간될 수 있을까 의심스럽고, 그 책이 사람들한테 읽힐까 지금으로서는 의아하지만, 모르는 척하고 그냥 쓰기로 한다. 이유는 무엇보다 책방 운영에 도움이 될까 싶어서다. 그래도 지금까지 잘 운영되는 책방은 주인들이 대부분 책 한두 권씩 쓴 저자이기도 해서, 혹시 책을 내면 우리 책방도 그들처럼 살아남을 수 있지 않을까 싶어서다. 그 이유 말고는 소정의 원고료? 그것도 아쉬운 처지라서.

물론 내심 속셈은 따로 있다. 우리 쌍둥이한테 보여주기 위해서다. 이걸 읽고 아빠 참 대단한 사람이었구나 하고 나를 존경한다거나, 아니면 우리 아빠가 이런 사람이었구나 하고 나를 더 사랑한다거나, 하면 물론 좋겠지만, 그것까지는 바라지 않고, 그저 내가 죽을 때(한국 남자 평균수명이 78세이고, 우리 아버지도 그 연세에 돌아가셨으니, 별일 없으면 이제 25년 남았다) 혹시라도 애들한테 아무 말도 남기지 못하고 죽게 된다면 애들이 이 글을 보고 조금이나마 아쉬움을 덜 수 있지 않을까 싶어서다. 이건 지금 내가 몇 해 전 돌아가신 아버지한테 당신의 솔직한 젊은 시절 이야기를 듣지 못해서 아쉽다는 뜻이기도 하다.

그래서 무엇보다 솔직하게 쓸 거다. 애들한테 거짓말하면 안 되니까. 실습실의 해골 뼈다귀 모형이 된다는 심정으로(168센티미터에 51킬로그램이다) 어깨 뽕 안 넣고, 액면 그대로, 탈탈 털어서, 다만 지질한 넋두리는 되지 않게 주의하면서, 그렇게 솔직하게 쓰려고 한다.

물론 두서없고 뜬금없이, 생각나는 대로 발길 닿는 대로 쓰겠지. 그런데 그게 또 에세이의 묘미 아닌가. 에세이라는 장르를 만든 프랑스의 몽테뉴 선생은 《수상록》 〈상상력에 대하여〉 편에서 자기는 상상력에 너무 민감해서 아파하는 사람을 보면 자신도 실제로 아프고, 기침하는 사람을 보면 목이 근질거린다면서, 몽정하는 사람이나 뿔이 나는 꿈을 꾸다 실제 머리에 뿔이 난 왕의 이야기 등 강력한 상상력이 실제 사건을 일으킨 여러 가지 역사적 사례를 들다가, 급기야 자기가 발기부전 환자를 치료해준 이야기를 한참이나 늘어놓는다. 그리고 마지막에 가서는 뜬금없이 과거에 벌어진 일을 쓰는 게 현재 벌어지는 일을 쓰는 것보다 덜 위험하며, 자신은 의무, 근면, 인내와는 원수지간이라 아무리 큰 명예를 준다고 해도 현재 일은 쓰지 않을 거고 쓸 재주도 없다는 이야기로 끝맺는다. 이 무슨 황당한 전개란 말인가. 몽테뉴 선생도 그 정도니 이 글이 뜬금없다고 욕하지 말기를.

　무엇보다 몽테뉴 선생이 《수상록》 서문에서 자기 자신이 그 글의 소재라고 밝혔듯이, 이 글의 소재 역시 바로 나다. 부족하고, 고지식하고, 어처구니없고, 주책없고, 대책 없는 책방 주인아저씨에 관한 이야기다. 그런 이야기를 우리 애들을 위해 하는 거다. 그러니 뭔가 도움이 될까 싶어서 이 글을 읽으려는 사람이 혹시라도 있다면 당장 기대치를 낮추길 바란다. 읽어봐야 별거 없다. 다만 동네책방을 하려는 사람이 있다면 그런 사람은 읽어도 좋다. 읽고 생각 접으라는 뜻이다. 또 하나, 지금 동네책방을 하는 사람도 괜찮다. 읽으면 내가 더 낫네, 하고 충분히 위안을 받을 수 있을 거다. 그럼 이만 안녕히들 계시라.

2022년 봄
미스터버티고 책방 주인
신현훈

차례

책방을 하는 것에 대하여

나는 왜 어처구니없게도 책방을 할 생각을 했을까? 오래전 일이라 기억도 가물가물해서 옛날 모 잡지에 썼던 글을 찾아보았다.

2014년 4월이었다. '롯데백화점 내 대형서점 입점 제안서' 작업을 같이 하던 회사 후배 둘과 종로 거리를 걸으며(그렇다. 그때까지 나는 대형 온오프라인 서점을 운영하는 회사에 다니는 직장인이었다) 처음으로 동네책방을 해야겠다고 다른 사람에게 말했던 것 같다. 야근하려고 저녁 겸 가볍게 맥주 한잔 하는 자리에서 후배들에게 이야기했다. "올 11월이면 도서정가제도 될 거고, 그러면 좀 낫지 않을까? 물론 책만 팔아서는 답 없지. 커피랑 맥주도 팔 거야. 그리고 내가 뭐 떼돈 벌려고 하는 것도 아니고,

임대료 내고 어느 정도 내 인건비만 나오면 되는데, 지금처럼 따박따박 월급 받을 수는 없겠지만, 씀씀이 좀 줄이면 와이프랑 둘이 먹고살 수는 있지 않을까? 우린 애도 없는데 말이야. 그래, 나도 그냥 회사에서 버티고 싶어. 근데 주간회의 때마다 대표한테 까이는데 죽겠다. 낼모레면 50인데 여기서 버텨봐야 얼마나 더 버틸 수 있겠냐? 하나라도 젊은 나이에 나가야 뭐라도 할 수 있지 않겠냐?" 그날 한 후배는 이렇게 말하며 나를 만류했다. "형도 알겠지만, 우리나라에 스마트폰 깔린 뒤로 독서율과 가구당 도서 구매율 엄청 떨어졌잖아? 요즘은 지하철에서 책 읽는 사람 보는 게 낯선 풍경이고, 책 읽는 고등학생이 왕따 되는 그런 시대야. 그런데 동네책방을 열겠다고? 참고서도 안 팔고, 잡지도 안 팔고? 그냥, 하지 마." 그로부터 약 8개월 후 나는 10여 년 다닌 직장을 그만두고, 일산 백석동에 '미스터버티고'라는 이름의 작은 문학 전문 동네책방을 열었고, 이제 1년 6개월이 되어간다.

-〈기획회의〉 기고글 중에서

지금 생각해보면 맞는 말이기도 하고 틀린 말이기도 하다.
사실 내가 책방을 연 것은 어쩔 수 없어서였다. 회사는 못 다니

겠고, 달리 할 수 있는 건 없고, 도서정가제 덕분에 다른 동네책방이 우후죽순 생겨나는데 이 바닥에서 오래 일했으니 내가 하면 좀 낫지 않을까 하는 헛된 자만심도 있었고, 그리고 무엇보다 하고 싶었으니까. 책 읽는 거 좋아하고, 사람 만나 복작거리는 거 싫어하고, 내가 좋아하는 거 남한테 권해주는 거 좋아했으니까. 더 늙으면 할 수 없을 것 같아서, 그래서 시작했다.

《어느 날 서점 주인이 되었습니다》라는 책에 나오는 말처럼, "서점의 시대는 갔다는 말이 나오는 시대에 계속 서점을 하는 이유는 달리 남은 게 없기에, 더 잘할 수 있는 게 없기에, 다른 것은 차라리 하고 싶지 않기에" 시작했다. 대책 없고 어처구니없는 짓이었다. 지금이었다면? 당연히 꾸역꾸역 욕먹어가며 회사에 남았을 거다. 우리 쌍둥이가 그때는 없었고, 지금은 있으니까. 고민할 필요도 없다.

물론 당시 나는 남모를 어려움을 겪고 있었다. 회사에서 나름대로 인정받다가, 그래도 내가 하고 싶은 건 출판이라며 저주받은 역작(?) 《샨타람》(버티고, 2011) 출간을 위해 자처해서 한직으로 갔다가, 결국 떨거지 신세가 되어 전자책이니 신사업이니 이 부서 일 저 부서 일 기웃댔고, 그러다 차츰 경영진의 신임을 잃었고, 그러니 자신감도 떨어져 급기야 공황장애 비슷한 병이 찾아왔다.

매주 사장님 앞에서 부서 보고를 하는데 갑자기 벌벌 떨면서 말을 제대로 할 수 없게 되었다. 다른 부서장은 둘째치고 까마득한 후배들 앞에서 창피당하는 일이 반복되었다. 어렸을 때부터 남 앞에서는 떨려서 발표도 잘 못했지만 그나마 회사 생활 하는 중에는 그런 어려움을 겪지 않았는데, 갑자기 장애가 찾아온 것이다. 신경정신과 상담도 받고 약 처방도 받았지만 소용없었다. 회의 때 떨리는 걸 멈추려고 허벅지를 볼펜으로 피가 나도록 찍어도 봤지만 소용없었다. 어쩌면 내가 회사를 그만두고 책방을 연 가장 결정적인 이유는 이 장애 때문인지도 모르겠다.

장애는 책방을 하면서도 계속되었다. 책방 열기 전인데도 가게는 계약했기에, 도서관 납품을 해볼 요량으로 도서관에서 열린 간담회에 무작정 참석한 적이 있다. 그냥 자리에서 일어나 "미스터버티고 책방을 열 신현훈입니다"라고 소개하는 것뿐인데, 내 이름도 제대로 발음하지 못할 정도로 벌벌 떨었다. 오라고 하지도 않았는데 내가 필요해서 찾아간 자리였고, 생판 모르는 사람들이 의아한 눈으로 나를 쳐다보고 있었기에 더 그랬는지 모르겠다.

그 뒤로 강연회도 마음껏 열 수 없었다. 강연회에는 책방 주인이 나와 강연자를 소개하는 시간이 반드시 있기 때문이었다. 옛날 우리 책방에서 열린 황석영 작가 강연회 사회를 볼 때도 그랬고, 김창완 선생님이 나오는 TV 프로그램에 출연해 낭독할 때도 같은 어려움을 겪었다. 그러다 보니 서점학교 단기 강사 자리 제안도 거절해야 했고, 최근에는 내가 나오는 유튜브 방송을 만들자는 쇼핑몰 담당 이사의 제안에 고민을 털어놓기도 했다. 그 장애는 지금도 계속되고 있는지 모른다. 지금은 남 앞에서 얘기할 기회가 없으니 확인이 안 될 뿐이다. 혹시 아빠가 되었으니 이제 나아졌을지도 모를 일이지만.

아무튼 그런저런 이유로 책방 주인이 되고 쌍둥이 아빠가 되었는데 책방 매출은 갈수록 떨어지는 상황이라 걱정이 많다. 하지만 후회는 없다. 그리고 앞으로도 계속 책방을 하고 싶다. 조용히 책 읽고 커피 마시면서 그렇게 지내고 싶다. 허리띠 졸라매고 아내와 두 아들과 함께 살 돈을 벌 수만 있다면 언제까지라도 계속 동네책방을 하고 싶다. 물론 지금처럼 쇼핑몰 안에 있는 서점이 아니라 내가 꿈꾸는 책방을 하면서.

나이를 먹어가면서 주위 사람들이 하나둘 곁을 떠날 때마다 사람 목숨은 하늘의 뜻에 달려 있다는 생각을 자주 하게 된다. 하늘의 뜻이 설령 우연일지라도, 어쩐지 미리 정해져 있다는 느낌이 강하게 든다. 마찬가지로 내가 책방을 하게 된 것도 어쩌면 하늘의 뜻인 것 같다. 남들보다 책을 많이 읽는 것도 아니고, 남들보다 책을 더 사랑하는 것도 아니고, 남들보다 책방을 하고 싶다는 생각이 강한 것도 아니었지만, 아직 책방 주인으로 꾸역꾸역 버티고 있다. 책방을 시작한 것, 지금까지 버틴 것, 모두 어쩌면 이미 정해진 하늘의 뜻 아니었을까? 그러니 앞으로의 일도 하늘의 뜻에 맡기기로 한다. 부디 나를 막다른 길로 내몰지 않기만 바랄 뿐.

책방 주인의 자질에 대하여

50년 넘게 살았지만 나는 아직도 세상이 낯설고, 세상일에 서툴고, 사람 앞에 수줍다. 그런 나를 보고 어떤 후배가 "왜 이래? 아마추어같이"라고 드라마 대사를 인용하며 충고했던 기억이 난다. 아마추어 같다는 말은 근성 없고 노력하지 않는다는 뜻인데, 어쩐 일인지 그게 기분 나쁘게 들리지 않았다. 아마도 나는 그 말을 정직하다는 뜻으로 오해하고 있었던 것 같다.

어머니는 아직도 그렇게 고지식해서야 어떻게 세상을 제대로 살 수 있겠니, 하고 걱정하신다. 고치려는 노력? 솔직히 안 했다. 하고 싶지 않다. 능숙해지기보다 정직하겠다며 강짜를 부린다. 그러다 보니 주위에 사람이 없다. 사람 관계도 노력이 필요한데, 정직 하나에 목매고 아무 노력도 하지 않으니 당연한 결과다. 그렇다고 뭐 그다지 정직하지도 않은 주제에.

이런 사람이 자영업을 하고 있으니 기막힐 노릇이다. 그럼 성공하는 책방 주인이 되기 위해서는 어떤 전략과 자질이 필요할까? 성공하는 책방 주인도 아니면서 이런 이야기하기엔 조금 창피한 노릇이지만 몇 가지 적어보겠다. 예전에 잡지에 기고했던 글을 짧게 인용하자면, "첫째, 스스로 유명해질 것, 둘째, 책만 팔지 말 것, 셋째, 커뮤니티를 형성할 것, 넷째, 할인하지 말 것, 다섯째, 임대료 적은 곳에서 시작할 것"이다.

이 중 어떤 것은 맞고 어떤 것은 틀리다. 이를테면 책방 주인이 유명해져야 한다는 말은 맞지만, 책만 팔지 말 것은, 책만 팔아도 성공적으로 운영하는 독립책방이 있으니 틀린 말이다.

그럼 동네책방을 하기 위해서는 어떤 자질이 필요할까? 내가 보기에, 첫째, '교회에 다닐 것'이다. 지금 입점해 있는 벨라시타 쇼핑몰로 이전하기 전, 그러니까 한적한 주택가 골목길에 책방이 있던 시절, 맞은편 미용실에서 자주 머리를 깎았는데, 하루는 미용실 원장님한테 "여긴 그래도 손님이 많던데, 무슨 비결이라도 있나요?"라고 어울리지 않게 말을 붙여본 적이 있다. 우리 책방엔 손님 하나 없는데, 그 미용실에는 손님 없는 적이 거의 없는 것 같아서 진짜 궁금하던 차였다.

그랬더니 원장님이 "사장님, 교회 안 다니지? 교회 다녀야

해. 난 두 개나 다녀. 얼마 전부터는 저 아래 성당에도 나간다고. 요 앞에 솥뚜껑 삼겹살집 알지? 거기가 왜 점포를 세 개씩이나 낸 것 같아? 고기 맛있어서 그런 거라는 건 순진한 생각이야. 거기 사장님 동창회 회장직 맡고 있고 향우회 회장에, 다니는 동호회만 일곱 개가 넘는대. 그 와이프도 비슷하고. 그 집 아들딸 다 그렇대. 동호회 모임만 열어도 하루에 최소한 두어 개는 돼. 그러니 성공하는 거지. 자영업자한테 교회는 선택이 아니라 필수야, 필수!"라고 하는 것이다. 독서모임 하나 이끌지 못하는 나로서는 일단 자격 미달이다.

둘째, '긍정적일 것'이다. 책을 좋아하는 사람은 일반적으로 내성적이고 부정적이다. 왜냐하면 책을 쓰는 저자가 대부분 내성적이고 부정적이기 때문이다. (물론 말랑말랑한 에세이나 자기계발서, 재테크 책 저자는 예외지만.) 그래도 긍정적이어야 한다. 자꾸 그렇게 되도록 노력해야 한다.

동네책방을 운영하다 보면 기운 빠지는 일이 생각보다 꽤 많다. 자기가 좋아하는 책을 책 좋아하는 사람한테 파는데 스트레스받을 일이 뭐가 있겠나 싶겠지만, 하루에도 몇 번씩 가슴 철렁하며 되풀이하는 매출 걱정은 빼고라도, 기운 쏙 빠지는 일은 도처에 널려 있다.

예전 책방이 주택가에 있었을 때 가장 큰 골칫덩이 중 하나는 일수 전단이었다. 딸랑 소리를 내며 문을 열고 들어와 손님인 줄 알고 반색하면, 그런 나를 비웃기라도 하듯 메모지로 위장한 대출 전단을 카운터에 던져놓고 나가는 일용 알바도 짜증나지만, 오토바이를 타고 주택가를 돌며 시도 때도 없이 마치 표창 던지듯 가게 문 앞에 던져놓고 가는 명함 크기의 일수 전단 때문에 얼마나 스트레스를 받았는지 모른다.

하루에도 몇 번씩 신경 써서 줍지 않으면 어느새 낙엽처럼 수북이 쌓여 마치 문 닫은 가게처럼 보이게 해서 줍는 일 자체가 귀찮기도 하거니와, 무엇보다 허리 굽혀 전단을 주울 때마다 시체를 노리는 밀림의 하이에나 같은 포식자가 이 거리 어딘가에서 나를 향해 아가리를 벌리고 내가 죽기만 기다리고 있는 것 같은 느낌을 받았기 때문이다.

책방을 쇼핑몰로 이전한 뒤로는 그런 스트레스에서 벗어났지만, 지금은 또 다른 스트레스에 시달리고 있다. 이를테면 직장의 노예 신분에서 벗어나려고 힘든 자영업자의 길을 택했는데, 이젠 내 돈 투자해서, 휴가는커녕 월급도 못 받는 쇼핑몰 직원이 된 게 아닐까 하는 자괴감이 그중 하나다. 1년 365일 하루도 빠짐없이, 내 몸과 마음 상태에 상관없이 무조건 책방을 열어야 하고, 매주 수요일 아침 조회에 참석하라는 문자를 받을 때마다 그런 스트레스를 받곤 한다.

그것 말고도 기운 빠지는 일은 도처에 널려 있다. 그러니 무엇보다 책방 주인은 긍정적으로 생각할 줄 알아야 한다. 왜 난 매사에 긍정적이지 못하고 비관적일까 자책하는 나 같은 사람은 책방 주인에 맞지 않는다.

셋째, '혼밥 잘할 것'이다. 동네책방에서 식구가 아닌 다른 누군가와 같은 시간에 함께 일한다는 건 거의 있을 수 없는 일이다. 자기 인건비 뽑기도 어려운데 어떻게 같은 시간에 함께 일할 알바를 둘 수 있겠는가. 우리 책방은 일주일에 열네 시간 일하는(주휴수당 때문에 어쩔 수 없다) 알바를 세 명 쓰다가 코로나 여파로 작년 10월 이후 두 명으로 줄인 상태인데, 알바생 한 명은 얼마 전에 채용한 지 1년이 넘었다. 아니 벌써 이렇게 되었나 싶은데, 일주일에 이틀, 그것도 함께 있는 시간이 인수인계하는 1분도 안 되는 시간뿐이니 그럴 만도 하다.

그렇게 혼자 일하다 보니 당연히 식사도 혼자 해야 한다. 그리고 식사 환경 자체도 열악하다. 책방 한쪽에서 쭈그리고 앉아 허기진 배를 허겁지겁 채우기 일쑤이고, 온종일 손님이 없다가도 라면 한 젓가락 할라치면 그때마다 마치 기다렸다는 듯이 손님이 찾아온다. 대부분의 손님이 식사 중에 죄송해요, 라거나, 식사 다 하시면 말씀 주세요, 라며 양해해주지만, 주인 된 입장에서는 입안에 든 면발 얼른 꿀꺽 삼키며 고객을 응대하게 된다. 그러다 보니 웬만하면 그냥 건너뛰기 일쑤다.

요즘은 아침을 집에서 꼭 챙겨 먹고 나오고, 점심은 빵으로 대충 때우고, 저녁은 김밥 한 줄 먹고, 밤 열 시에 집에 돌아가 맥주랑 가벼운 안주 한 접시 먹고 잔다. 불규칙한 식사에 인스턴트 음식을 먹으니 작년 11월 건강검진에서 고혈압 초기에 공복혈당장애 판정을 받은 것도 당연한 결과다. 그러니 책방을 오래 하기 위해서는 무엇보다 혼밥을 잘할 줄 알아야 한다.

넷째, '사람 좋아할 것'이다. 사람한테 관심을 두고 사람 자체를 좋아해야 한다. 주위에 그런 사람이 있다. 자기가 원하지도 않는데 잘 모르는 사람까지 찾아와서 속마음을 털어놓는다고 불평하는 《위대한 개츠비》의 화자인 닉 캐러웨이처럼, 별로 노력하는 것 같지 않은데도 속 깊은 친구가 많고, 두루두루 많은 이들과 친한 관계를 유지하는 사람. 인근 지역에서 커피숍을 운영하는 후배가 그런 부류고, 대학 동창 중에도 그런 녀석이 한 명 있다. 친구들 안부를 물어보려면 꼭 그 친구를 통하게 되고, 경조사 생기면 먼저 연락하게 되는 친구. 이들의 공통점은 근본적으로 사람 자체에 애정이 있다는 거다.

사람보다 책 읽기를 좋아하는 나로서는 범접할 수 없는 능력이다. 책방을 잘 운영하기 위해서는 책도 좋아해야 하지만, 사람을 좋아해야 한다. 아니 어쩌면 책보다 사람을 더 좋아해야 하는지도 모르겠다.

다섯째, '대형 쇼핑몰에 입점하지 말 것'이다. 다른 말로 하면 '정체성을 지킬 것'이다. 미스터버티고는 한적한 주택가 골목길에서 3년, 대형 쇼핑몰에서 4년 넘게 운영 중이다. 지금 생각해보면 뭐에 씌워서 책방을 쇼핑몰로 이전했는지 그저 안타까울 따름이다. 책방을 옮기지 않았다면 코로나 여파로 훨씬 전에 이미 책방 문을 닫았을 거라고 스스로 위로하지만, 오히려 지금보다 단골도 늘고 나도 더 행복하게 지내지 않았을까 아쉬워진다.

아이들 때문이었던 것 같다. 아이들은 커가고, 책방 해서 번 돈으로 네 식구 먹고살 수는 없을 것 같고, 나름 승부를 걸어본 셈인데, 지금으로서는 실패한 선택이었다.

물론 책방 이전하고 한동안은 오랫동안 쌓아온 단골과 쇼핑몰 고객이 겹치면서 소위 대박을 터트리기도 했다. 이전하기 전 열흘 치 매출을 주말 하루에 올린 적도 있고, 이전 후 1년 동안 한 번도 매출 걱정을 해본 적이 없을 정도였으니까. 그러나 딱 1년 만에 단골의 98퍼센트를 잃었다. 신규 고객은 오가며 애들 책 한 권씩 사 가는 뜨내기손님들뿐이다.

2020년 코로나 여파로 매출 부진을 겪다가 2021년 10월, 쇼핑몰 2층으로 옮긴 뒤로는 그런 뜨내기손님도 확 줄어서, 이제는 주택가에 있을 때보다 오히려 책 판매량이 줄어들었다. 개성 강한 문학 전문 동네책방에서 쇼핑몰 한구석에 있는 그저 그런 조그만 서점이 되었으니 당연한 결과다. 이제 어떻게 버텨야 하나 새삼스럽게 고민 중이다. 그리고 선택이 머지않았음을 느끼는 요즘이다. 성공한 책방을 운영하고 싶다면 멀리 보고 자기만의 정체성을 지키는 게 무엇보다 중요하다.

이 다섯 가지 자질 중에 내가 갖춘 건 하나도 없다. 그래서 요 모양 요 꼴이다.

책방에 대하여

2015년 즈음 전국에 특색 있는 독립책방이 많이 생긴 뒤로 사람들은 책방과 서점을 구분하기 시작했고, 나 역시 주택가에 처음 책방을 열었을 때는 '문학 전문 동네책방 미스터버티고' 라고 부르며, 서점보다 책방 호칭으로 불리길 더 좋아했다. 물론 쇼핑몰 한구석으로 옮긴 뒤로는 차마 책방이라는 이름을 못 쓰고 서점이라는 말을 더 많이 쓰게 됐지만.

둘은 어떻게 구분되는 걸까? 일반적으로 책 판매 공간이 크면 서점, 작으면 책방으로 볼 수 있다. 방(房)의 사전적 의미에는 '조선 시대 때 시전(市廛)보다 작고 가가(假家)보다 큰 가게' 라는 뜻도 있다고 하니 틀린 말도 아니다. 하지만 이상하게 단순한 크기 차이가 아니라 서점보다 책방이 더 정겹게 느껴지고, 서점이 단순히 책을 판매하는 곳이라면 책방은 책을 좋아하는 사람들이 만나는 공간이라는 의미가 더 크다고 느껴진다. 서점은 거의 '공간' '장소'에 가까우며 책방은 거의 '사람' 쪽에 가까운 말이라는 나라 도시유키의 분류(《앞으로의 책방 독본》)도 같은 의미라고 할 수 있다. 물론 정겹다는 것도 어쩌면 작은 크기에서 비롯된 느낌일 수 있지만.

나는 언제부터 책방을 좋아했나? 어릴 적에 갔던 책방이 아직도 기억에 남아 있는 걸 보면 꽤 오래전부터가 아닐까 싶다. 중학생 시절 누나가 데리고 들어가 《킬리만자로의 눈》을 사준 집 앞 헌책방이 가장 먼저 생각난다. 대학생 시절 《뒹구는 돌은 언제 잠 깨는가》 시집을 찾으려고 이 잡듯이 뒤지고 다녔던 대학 주변에 있던 수많은 작은 책방들(이때는 정말 책방이 많았다), 용산에서 방위 할 때 자주 들렀던 노량진에 있는 서점(책방이라고 하기에는 규모가 좀 컸다), 특히 뻔질나게 드나들던 대학교 전철역 앞 건대글방의 내부 모습은 지금도 종이에 그릴 수 있을 정도로 머릿속에 선명히 남아 있다. 또 지금은 없어진 종로서적을 많이 찾곤 했는데, 나중에 일본 도쿄의 기노쿠니야 서점에 갔다가 둘이 너무나 비슷해서 깜짝 놀랐던 기억도 난다.

책방을 하려고 마음먹고 조사 차원에서 찾아갔던 몇몇 동네책방과 해외의 작은 책방들 역시 여전히 기억에 남아 있고,

SNS에서 자주 접하는 미스터리 유니온, 마리서사, 소리소문 등은 지금도 꼭 찾아가보고 싶지만, 무엇보다 어릴 때 보았던 책이나 영화에 등장하는 책방을 생각하면 지금도 가슴이 설레고 아련한 추억에 잠기곤 한다. 가장 먼저 생각나는 책방은 무라카미 하루키의 《상실의 시대》에 나오는 미도리네 부모님이 하는 고바야시 서점이다.

문을 열면 새로운 섹스 테크닉 도판 해설 48장면 부록이 딸린 여성 잡지들이 주욱 진열되어 있고, 한쪽에 문고본 약간, 바둑 정석, 분재, 결혼식 스피치, 반드시 알아야 할 성생활, 담배 끊는 방법 따위를 다룬 실용서 코너가 있고, 미스터리, 역사물, 성인물 소설이 있고, 계산대 옆에는 볼펜, 연필, 노트가 있지만 《전쟁과 평화》《성적 인간》《호밀밭의 파수꾼》은 없는 서점. 주인공 와타나베는 1층은 서점이고 2층은 살림집인 미도리네 집에 초대받고 가서 이런 생각을 한다.

아주 평범한 거리의 아주 평범한 책방이었다. 내가 어린 시절 발매일을 기다려서 소년 잡지를 사러 마구 달려가던 동네책방 같은 곳이었다. 고바야시 서점 앞에 서는 순간 나는 어쩐지 그리운 옛날의 기억 속에 들어온 듯한 느낌에 사로잡혔다. 어느

거리에도 이런 서점이 있는 것이다.

-무라카미 하루키, 《상실의 시대》 중에서

　예전엔 우리나라에도 거리 구석구석에서 이런 책방을 흔히 볼 수 있었다. 그때는 스포츠신문만 팔아도 돈이 되는 시절이었다는 누군가의 이야기가 기억난다. 책방이 돈이 되는 시절이어서 그랬을까? 아무튼 슬리퍼를 신고 나가 집 앞 책방에 갈 수 있었던 그 시절이 그립기는 하다.

　그런가 하면 이와이 슌지 감독의 영화 〈4월 이야기〉에 나오는 서점도 기억난다. 여주인공이 짝사랑한 남자 선배를 만나러 찾아간 대학교 앞의 작은 서점인데, 긴 직사각형 구조에 양옆으로 벽서가가 놓여 있고 가운데 길게 평대가 줄지어 늘어선 지극히 평범한 서점. 책에는 쥐약인 햇볕이 많이 들이비쳤던 것이 기억난다. 그밖에도 〈노팅힐〉에 나오는 여행 전문 서점, 체리색 원목 책장과 계단 아래 널따랗게 자리한 책상이 기억나는 〈84번가의 연인〉에 나온 서점, 〈댄 인 러브〉에서 주인공들이 마주치는 바닷가 서점, 특히 몇 년 전에 TV에서 방영된 〈화니페이스〉에 나오는 둥그런 계단이 나 있는 층고 높은 2층 구조의 서점을 좋아했다.

물론 현재까지 내가 제일 좋아하는 책방은 창문 사이사이 책장이 놓여 있고, 책장 사이에 책상이 창을 바라보고 띄엄띄엄 늘어서 있고, 그 뒤로 서가가 길게 세워져 있는 벨라시타 쇼핑몰 2층에 있는 지금 책방이다, 라고는 차마 말 못 하겠고, 역시 문이 두 개에 두 면이 통유리로 되어 있던 예전 미스터버티고 책방이다.

일산 주택가 한구석에 문학 전문 책방을 열겠다고 마음먹고 찾아낸 공간은 녹지가 낀 1층의 20평 넘는 점포였다. 녹지를 끼고 있어야 책방다운 한적함이 느껴질 것 같았고, 사람들이 주인 눈치 안 보고 마음 편하게 문을 열고 들어올 수 있는 최소한의 크기가 20평이라고 생각했다.

나쁜 선택은 아니었다. 유명 출판사 대표가 가끔 와서 녹지에 놓아둔 의자에 앉아 클래식 기타를 연주하곤 했고, 책 관련 TV 프로그램, 작가 인터뷰는 물론이고, CF에도 나왔고 유명 드라마에도 나왔으니까. 이전을 코앞에 둔 시점에는 일일 드라마 섭외 요청도 들어왔는데……. (아이고, 아까워라.)

그 자리는 이전에 호프집이어서 바닥에 까맣게 맥주 찌꺼기가 눌어붙어 있던 것을 온 식구가 달라붙어 벗겨냈던 기억이 난다. 지금은 돌아가신 아버지가 대걸레로 비누칠을 하면 나와 누나와 매형이 쭈그리고 앉아 수세미로 박박 바닥을 긁어댔던 겨울이 지금도 눈에 선하다. 그 여름 가게 앞 데크를 땀 뻘뻘 흘리며 단골과 함께 다 뜯어내고 다시 깔았던 일, 책을 더 꽂을 곳이 없어 합판을 사다가 책장을 만들었던 일, 그리고 무엇보다 문을 열고 들어서면 특유의 책 냄새를 맡을 수 있었던 그곳이 지금까지 가장 기억에 남는, 내가 가장 사랑하는 책방이다.

물론 옛날 일을 그리워한다고 무슨 소용이 있겠는가? 앞으로가 문제지. 만약 지금 있는 쇼핑몰에서 나오면, 어떤 책방을 할까 자주 머릿속으로 그려본다. 가장 희망찬 그림은 벨기에 ptyx 서점처럼 주택가 상가 건물 하나를 통째로 쓰는 책방이다. 1층, 2층, 지하가 계단으로 연결되어 있는 매장 공간이고, 3층은 우리 가정집이고, 옥탑은 루프톱 커피 테이블이 있는 그런 책방. 이게 가능하려면 최소한 임대료 300만 원 이상 감당할 수 있어야 하는데, 지금으로서는 거의 불가능에 가까운 꿈이다.

그다음 그림은 시골집을 개조한 넓은 마당이 있는 책방이다. 1층은 책방이고 2층은 가정집인 곳. 아무래도 1층만으로는 진열공간이 부족하니까 마당 한쪽에 고정식 천막을 치고 그 안에 바퀴 달린 이동식 서가를 배치한 그런 책방. 담벼락에는 영국 헤이온와이의 책방처럼 유리문이 달린 철제 책장을 놓아서 무인책방으로 운영하면 어떨까? 가능하면 한쪽에 농막도 설치하고 텐트도 설치해서 북스테이도 같이 하면 괜찮지 않을까?

이게 아니라면, 그릴 수 있는 최악의 그림은 농지를 사서 여섯 평짜리 농막을 설치해놓고, 거기다 서점을 차리는 거다. 물론 고정식 텐트를 쳐서 진열공간을 추가로 확보해야겠지만.

《앞으로의 책방 독본》에서는 앞으로 책방이 살아남기 위해 갖춰야 할 조건으로 "작은 책방, 직원 고용하지 않기, 자택 겸하기, 일등지가 아닌 입지, 한눈에 들어오는 20~30평 크기, 짧은 영업시간, 세계관 만들기, 총이익 올리기" 등을 꼽고 있다. 이런 조건에 맞는 한적한 시골 책방. 지금으로서는 이 그림이 최선인 것 같다. 책방 수입만으로 먹고살 수는 없을 테지만, 시골에는 농번기 일손이 부족하다고 하니 투잡 구하는 것도 어렵지 않을 것 같으니까.

어쨌든 앞으로도 나는 책방을 계속 운영하고 싶다. 나만의 특색 있는 책방을 죽을 때까지 계속 하고 싶다. 지금으로서는 그렇다.

출판사 거래에 대하여

매월 1일은 결산일이다. 지난달 매출을 확인하고, 인건비, 임대료, 경비 등을 집계한 다음 순이익을 확인한다. 그러고는 총판과 몇 안 되는 직거래 출판사에 송금하고 아내에게 생활비를 이체한다. 나가야 할 돈보다 통장 잔고가 적으면 그게 바로 부도다.

7년 동안 다행히 그런 일은 일어나지 않았지만, 통장 잔고가 일정 금액 밑으로 떨어지면 초조해지기 시작한다. 물론 코로나가 유행한 2020년 1월 이후, 책방을 벨라시타 쇼핑몰 지하 1층에서 지상 2층으로 이전한 같은 해 10월 이후 본격적으로 매달 역대 최저 매출을 갱신하고 있기에 요즘은 굳이 통장 잔고를 확인할 필요도 없지만.

그래도 매월 1일 거래처에 하는 판매대금 송금을 거른 적은 없다. 가장 비중이 큰 북센을 비롯해, 2년 만에 한 권 판매된 독립출판사까지 거르지 않고 내가 먼저 송금하고 판매현황을 메일로 보낸다. 위탁거래를 하는 서점으로서 당연히 해야 할 일이지만, 그러지 않는 서점이 태반이라는 걸 오래전 1인 출판사를 할 때 알았다. (지금은 다를지 모르지만, 그땐 국내 1, 2, 3위 대형 서점과 지방 최대 서점 모두 먼저 얘기하지 않으면 입금도 안 해주고 판매액을 알려주지도 않았다.)

그나마 온라인 서점은 SCM 프로그램을 통해 판매액을 알려주어서 역발행 계산서를 발행하면 입금해주니 다행이지만 대부분의 오프라인 서점은 그렇지 않았다. 심지어 지금은 부도난 도매업체 송인서적 같은 경우는 얼마가 판매되었든 자기들 꼴리는 대로(?) 10만 원이든 20만 원이든 지불해주고 그나마 30만 원이 넘으면 문방구 어음을 발행했다. 판매량과 재고를 확인하려면 무슨 이사인가 하는 사람을 찾아가야 했는데, 그를 만나려는 출판사 영업사원이 사무실 앞에 줄 서서 기다리는 광경을 보고 질려서 포기하고 발걸음을 돌리곤 했다.

'이 출판사는 한도 거래처여서 한도 넘은 입고 금액은 판매와 상관없이 무조건 결제해야 하는데, 매월 판매액보다 입고액이 커서 과지불되어 골치 아팠는데, 이번 달은 5만 원 과지불이

네. 그나마 선방했네. 이 거래처는 판매와 상관없이 잔고 20퍼센트를 무조건 지불해야 하는데 이번 달 매출이 잔고의 15퍼센트네. 5퍼센트나 과지불하겠군. 다음 달 반품을 좀 많이 해야겠다. 이 출판사는 판매액보다 잔고가 많아서 반품해달라고 했는데 바빠서 못 했네. 사과 메일 보내고 이번 달에는 꼭 해야지. 이 거래처는 월말 입고액 전액 지불이라 지난달 반품을 많이 했는데……. 보자, 이번 달은 판매액과 입고액을 맞췄네. 다행이다.'

이 무슨 해괴한 말인가? 모두 위탁거래 때문에 생긴 복잡한 거래 조건이다. 단순하게 말해서 위탁거래란 출판사에서 책을 먼저 서점에 보내고, 서점은 받은 책을 진열해 판매한 다음 판매대금을 출판사에 입금하고, 판매되지 않은 도서는 반품하는 거래 방식이다. 그 반대는 현매거래인데, 이는 고객이 서점에서 돈 내고 책을 사듯, 서점도 출판사에 돈을 내고 책을 사는 거래 방식이다.

출판사는 당연히 현매거래를 좋아하고, 서점은 위탁거래를 좋아한다. 서점으로서는 현매거래를 하게 되면 내 돈 내고 산 책이니 판매되지 않으면 악성 재고가 되기 때문에 리스크를 고스란히 떠안아야 한다. 반면 출판사는 위탁거래를 하게 되면

서점에서 주는 대로 지불을 받아야 하고, 서점에 보낸 재고가 얼마인지 확인하기도 쉽지 않고, 분실을 염려한 공간분도 떠안아야 하고, 무제한 반품이 가능해 물류비용이 많이 든다. 그런 문제를 중간에 도매상에서 10퍼센트 정도의 수수료를 받고 조정해주는데 그마저도 쉽지 않은 게 현실이다.

영미권에서는 대부분 현매거래라고 한다. 그래서 도서정가제도 없다. 서점에서 자기 돈 주고 산 책이니 안 팔리면 할인해서라도 팔아야 하니까 정가제를 하고 싶어도 할 수 없다. 또 그렇다 보니 돈 많은 서점은 막대한 자금으로 엄청난 물량을 싸게 사서 다른 서점보다 낮은 가격에 팔아 독식할 수 있는 구조다. 그렇게 해서 괴물 아마존이 탄생한 거다. 도서정가제에 대해서는 다른 생각을 하는 사람도 있으니 이 얘긴 이쯤 하자.

현매거래를 하는 영미권 나라에서는 출판사 영업사원이 카탈로그를 들고 서점을 찾아다니며 영업한다. 그러다 보니 이렇게 싫어하는 책을 읊어대는 괴팍한 서점 주인을 만나기도 한다.

"나는 포스트모더니즘과 종말물, 죽은 사람이 화자거나 마술적 리얼리즘을 싫어합니다. 딴에는 기발하답시고 쓴 실험적 기법,

이것저것 번잡하게 사용한 서체, 없어야 할 자리에 있는 삽화 등 괜히 요란 떠는 짓에는 근본적으로 끌리지 않습니다. 홀로코스트나 뭐 그런 전 세계급 규모의 심각한 비극에 관한 소설은 다 마뜩잖더군……. 부탁인데 논픽션만 가져와요. 문학적 탐정 소설이니 문학적 판타지니 하는 장르 잡탕도 싫습니다. 문학은 문학이고 장르는 장르지. 이종교배가 만족스러운 결과물을 내는 경우는 드물어요. 어린이책, 특히 고아가 나오는 건 질색이고, 우리 서가를 청소년물로 어수선하게 채우는 건 사양하겠습니다. 400쪽이 넘거나 150쪽도 안 되는 책도 일단 싫어요. TV 리얼리티쇼 스타의 대필 소설과 연예인 사진집, 운동선수의 회고록, 영화를 원작으로 하는 소설, 반짝 아이템, 그리고 굳이 언급하지 않아도 알겠지만 뱀파이어물이라면 구역질이 납니다. 데뷔작과 칙릿, 시집, 번역본도 거의 들여놓지 않아요. 시리즈물을 들이는 것도 내키진 않지만, 그건 내 주머니 사정상 어쩔 수 없고. 당신 편의를 봐서 말하는데, 빅히트 예정 시리즈 같은 건 그게 뉴욕타임스 베스트셀러 목록에 안착하기 전까지는 나한테 말도 꺼내지 마쇼."

-개브리얼 제빈,《섬에 있는 서점》 중에서

자기가 좋아하는 책을 현금 주고 사서 자기가 좋아하는 독자한테 판매하는 것. 많은 독립책방이 지금 이렇게 거래하고 있다고 알고 있다. 매우 이상적인 거래 방식이긴 하지만, 대형서점은 위탁거래를 하면서 독립책방에만 이런 거래를 하라는 건 일종의 불공정거래라고 생각한다. (물론 대형서점, 독립책방 가리지 않고 공평하게 모든 서점과 현매거래만 하는 출판사도 있다.)

그런 와중에 도매상 송인서적이 최종 부도 처리됐다. 출판사로 송인과 거래할 때 부도나서 떼인 책이 몇천만 원어치라 이번 부도 때 2,300만 원어치 책을 갖고 있었기에 혹시 그때 떼인 돈을 회수할 수 있지 않을까 작은 기대를 걸어보았지만, 기대는 기대로 그친다는 걸 새삼 확인했다. 전량 반품했고, 서가에서 그만큼의 책이 빠져나간 후 매출 감소는 둘째치고 서가가 휑하게 비어버렸다. 꼭 갖추어야 할 책을 빼고 나니 동네책방의 핵심 역량인 셀렉션의 의미가 상당히 퇴색해버리고 말았다. 코로나가 덮쳤고 크기가 작은 2층으로 이전을 앞둔 상태라 그나마 다행이었지만.

그리고 2021년 서울문고가 부도났다. 몇 년 전부터 어려움을 겪던 터라 터질 게 터졌다는 느낌이었지만, 그래도 가슴 한쪽이 뻥 뚫린 것 같은 허전함이 밀려왔다. 서울문고는 내가 책방을 하기 전 거의 20년 가까이 다닌 직장이기 때문이다.

이렇게 대형 오프라인 업체들이 하나둘 자빠지고 있다. 코로나 영향이 크겠지. 총판이나 서점이 부도나면 그 피해는 고스란히 출판사가 떠안는다. 그래서 내가 생각하는 가장 이상적인 서점과 출판사와의 거래 방식은 교환이 가능한 현매거래다. 다만 공급률은 60퍼센트 정도였으면 좋겠다. 그런 생각을 해서 작은 동네책방과 출판사가 직접 현매거래를 할 수 있게 도와주는 중계 사이트를 작년에 개발자 친구한테 부탁해서 만들어놓기도 했는데, 그놈의 게으름 때문에 1년 넘게 묵혀두고 있다. 현재로서는 시작이나 할 수 있을지 모르겠다.

코로나가 많은 걸 바꿔놓았다. 코로나로 인해 도래한 언택트 시대에 온라인 판매는 전혀 없이 쇼핑몰 한구석에서 별다른 특색도 없는 작은 서점을 하고 있으니 나도 참 대책 없다. 대형 도매상과 서점도 하나둘 쓰러지고 있는 상황에서 나는 과연 얼마나 버틸 수 있을까? 이미 걱정할 단계는 지났고 버틸 때까지 버티다 안 되면 다른 곳을 물색해봐야겠고, 다른 곳이 없으면 결국 접어야겠지. 지금으로서는 하늘의 뜻에 맡길 수밖에 없다. 처음 책방을 열게 해준 그 뜻대로 말이다.

책에 대하여

책이 대체 뭐기에 나는 그토록 책방이 하고 싶은 걸까? 넓은 의미에서 보면 누군가의 정의처럼 "책은 물체가 아니다. 그것은 지속해서 전개되는 논점과 내러티브"(《앞으로의 책방 독본》)라고 할 수 있다. 그렇다면 전자책과 오디오북 모두 책이며, 심지어 블로그나 웹페이지도 넓게 보면 책이라고 할 수 있다. (블로그나 웹페이지 콘텐츠를 모아 책을 만드니까 어쩌면 당연하다.) 하지만 내가 팔고 싶은 책에 전자책과 오디오북은 포함되지 않는다.

그럼 편의점에서 판매하는 구글플레이 기프트카드처럼 카드 형태의 USB에 엊그제 재미있게 읽은 《스페인 여자의 딸》을 전자책으로 담아 판매하는 건 어떤가? 아니면 미국 책방에서처럼, 누군가 《스페인 여자의 딸》을 키오스크를 통해 주문하면 책방 뒤에 있는 에스프레소 북머신을 통해 바로 인쇄하고 제본까지 해서 나오는 책은 어떤가? 팔고 싶은가? 대답하자면, 마치 지금 내가 좋아하지 않는 자기계발서를 파는 것처럼, 그것도 판매하는 것이라면 어쩔 수 없이 팔겠지만, 그것만 판매하는 것은 사양하고 싶다.

말라르메는 책을 '순수하고 투명한 덩어리'(《사유의 거래에 대하여》)라고 했다. 덩어리라는 의미는 손으로 만질 수 있는 어떤 물성을 갖고 있어야 한다는 뜻이다. 그럼 이건 어떤가? 마찬가지로 칩 형태인데 그걸 오큘러스 리프트 같은 VR 기계에 꽂고, 특수 장갑을 끼면 책상에 앉아서 종이책을 보는 것과 똑같은 경험을 하게 해주는 거라면? 그리고 종이책에서 맡을 수 있는 특유의 책 냄새도 맡을 수 있는 거라면? 그런 칩을 파는 건 어떤가? 역시 위의 대답과 같다.

결국 내가 팔고 싶은 건 종이책에 국한된다. 그럼 왜 꼭 종이책인가? 종이책만 책은 아니지 않은가? 책의 주된 소재는 점토판, 파피루스, 양피지를 거쳐 종이에 이르렀고, 이미 전자책과 오디오북이 많이 팔리고 있으며, 앞으로 어떤 소재가 대세가 될지 알 수 없는 일이지 않은가?

맞는 말이다. 하지만 책방의 운명은 종이책이 책의 권좌에서 물러날 때 같이 소멸할 거라고 생각한다. 책이 가진 고유한 물성이 종이 이외의 형태로까지 확장되는 것을 나로서는 상상할 수 없으며, 그런 책을 파는 책방을 하는 모습을 현재로서는 생각하지 않고 있다.

그럼 종이로 된 책에 어떤 특징이 있기에 내가 좋아하는 걸까? 첫째, 우선 돈이 든다는 점을 꼽고 싶다. 종이책을 만들어 팔기 위해서는 꽤 많은 돈이 든다. 초판 인쇄 부수가 나날이 줄고 있다고는 하지만, 종이책 한 권을 만들어 팔기 위해서는 종잇값, 교정비, 인쇄비, 제본비, 디자인비, 운반비, 보관비 등 최소 거의 천만 원 가까운 비용이 든다. 종이책으로 출간되었다는 건 그 책에 담긴 콘텐츠를 보급하기 위해 누군가 천만 원 가까운 돈을 투자했다는 의미이며, 따라서 콘텐츠를 선별하는 과정을 반드시 거치게 된다. 이런 '에디터십'이야말로 종이책이 가진 가장 큰 장점이라고 할 수 있다.

둘째는 향기가 난다는 점이다. 오래된 책이 가득 놓인 방에 들어가면 특유의 종이 냄새가 훅 끼쳐온다. 예전 미스터버티고 책방도 그랬다. 상당히 많은 손님이 책방 문을 열고 들어와서 가장 먼저 하는 감탄사가 바로 "아! 책 냄새"였다. 그 냄새는 세상 어디에서도 맡을 수 없고, 오로지 오래된 책이 많이 쌓인

밀폐된 공간, 즉 작은 책방에서만 맡을 수 있다. 그 냄새를 맡고 있으면 뭔가 아련한 추억이 떠오르는 것 같고, 어쩐지 마음이 따뜻해지는 것 같다. 그런 책 냄새만 뽑아 향수로 만드는 업체도 있다고 하니, 나만 그렇게 느끼는 건 아닌 것 같다.

셋째는 친환경적이라는 점이다. 당연히 나무로 만들었기 때문에 태워도 유해 물질이 나오지 않는다. 물론 나무를 잘라서 종이로 만들기까지 화학물질이 전혀 안 들어가는 것은 아니고, 글자를 인쇄하는 잉크 역시 친환경적이라고 할 수는 없겠지만, 그 안에 책벌레도 살고 있으니 그냥 넓게 보아 친환경적이라고 해도 무방하다.

무엇보다 종이책을 읽는 행위에는 뭔가 독특한 면이 있다. 몇 해 전 예전 회사 동료가 책방에 찾아온 적이 있다. 그는 커피와 맥주를 마시며 꽤 오랫동안 자기가 가져온 만화책(아다치 미츠루의 《H2》였다)을 읽었는데, 내가 "요즘 만화책을 종이책으로 사서 읽는 사람도 있네? 인터넷에서 대부분 무료로 볼 수 있지 않나?"라고 물었더니, 그 친구는 "종이책으로 보는 거랑은 차원이 달라요. 이렇게 읽어야 진짜 제맛을 느낄 수 있어요"라고 대답했다. 같은 책을 전자책으로 읽는 것과 종이책으로 읽는 것에는 어떤 차이가 있을까?

분명 전자책만이 가진 장점도 많다. 검색도 가능하고, 도서관 한 곳이 소장할 수 있는 책이 단말기 한 대에 다 들어갈 수 있을 정도이니 휴대성 면에서는 종이책과 아예 비교 자체가 안 된다.

종이책을 읽는 행위의 장점은 단순히 추억을 소환하는 것 정도가 아닐까? 처음부터 책을 전자책으로 접한 세대가 늘어나면 그런 장점은 자연히 없어지지 않을까?

그에 대한 해답을 LP판에서 얻을 수 있다고 생각한다. 올해로 스무 살 된 우리 책방 알바생이 어느 날 〈사운드 오브 뮤직〉 LP판을 들고 가게에 왔다. 의아해서 물으니 중고로 만 원 주고 샀다고 한다. 어렸을 때 LP를 들었냐고 물었더니 커서 처음 들었는데 좋아서 수집하고 있다는 것이다. 그 친구가 단순히 음질이 좋아서 LP를 듣고 수집하는 건 아닐 것이다. LP로 음악을 듣는 것과 MP3로 음악을 듣는 것은 엄연히 다르며, 심지어 음악을 듣고 느끼는 감동도 다르다. 종이책도 이와 같다고 생각한다.

앞으로 종이책이 지금의 LP처럼 되지 않을까 싶다. 전자책이 책의 주류가 될지도 모른다. 하지만 웹툰이 대세가 된 지금도 웹툰을 종이책으로 출간하고 있듯이, 종이책은 없어지지 않고 살아남을 것이다. 그때가 되면 소장 가치가 더욱 부각되겠지. 그러면 지금보다 더 가치 있는 콘텐츠만 종이책으로 출간될 것이고, 지금 같은 페이퍼백 형태보다 하드커버 형태가 주류가 될 것이다.

그리고 그때가 되면 지금 LP처럼 종이책 가격이 천정부지로 뛸지도 모른다. 예전에 만 원에 판매되던 LP가 4만 원 넘게 판매되는 것처럼 종이책 한 권에 5만 원이 넘을지도 모른다.

그런데 내가 모든 종류의 종이책을 팔고 싶은 건 또 아니다. 가능하면 내가 좋아하는 책만 구비해놓고 내가 좋아하는 책을 좋아해주는 사람들한테 팔고 싶다. 그럼 나는 어떤 책을 좋아하는가?

한마디로 말하자면, 읽는 것 자체가 즐거운 책이다. 읽어서 뭔가를 얻는 책보다 텍스트 자체를 즐길 수 있는 책. 학습서, 참고서, 요리책, 자기계발서, 재테크 같은 부류의 책은 별로 좋아하지 않는다. 이런 책은 내용 자체보다 내용으로 뭔가 다른 것을 하기 위해 만들어진 책이다. 학습서는 공부를 위한 책이고 요리책은 당연히 요리를 위한 책이다.

하지만 소설책은 소설가가 되기 위한 책이 아니다. 인문서나 과학책이나 역사책 역시 뭔가에 활용하기 위한 책은 아니다. 활용하기 위해 만든 책이 아니라 책 자체를 즐길 수 있는 책. 읽는다는 행위 자체에 즐거움을 느낄 수 있는 책을 나는 좋아한다. 그리고 그런 책을 팔고 싶다. 그러니 어떻게든 버텨야 한다. LP처럼 종이책의 가치가 지금보다 몇 배나 뛰어서 떼부자가 될 때까지 말이다.

책을 읽는 것에 대하여

책은 읽는 것 자체가 즐거운 책과 읽어서 뭔가를 얻는 책으로 나눌 수 있다. 마찬가지로 책을 읽는 행위 역시 다른 목적이 있는 행위와 읽는 것 자체가 목적인 행위로 구분할 수 있다. 앞의 행위는 실용서, 학습서, 참고서를 읽는 것이고, 뒤의 행위는 소설, 수필, 역사책, 철학책을 읽는 행위라고 거칠게 구분할 수 있겠다.

나는 어려서부터 과정과 목적이 다른 행위를 좋아하지 않았다. 만화책이나 소설책 읽는 건 좋아했지만, 좋은 성적을 내기 위해 교과서나 참고서 읽는 건 싫어했다. 단순히 공부하기 싫어하고 만화책 보는 거 좋아한 거 아니냐고 묻는다면 할 말은 없지만, 과정을 과정으로 즐기는 자체가 좋은 것이고, 다른 목적을 갖고 하는 행위는 왠지 표리부동한 것 같아 싫어했다.

사람을 만나는 것도 그랬다. 마음에 드는 사람들과 어울렸지, 필요한 사람들과 어울리지 않았다. 아, 물론 회사 다닐 때 대표한테 잘 보이려고 굽신거리기도 했고, 회사 생활을 위해 별로 좋아하지도 않는 점장 모임에 가서 술도 마시고 노래방에 가기도 했다. 몇 년 전 친척 상갓집에 가서는 혹시 나중에 필요할 때 일자리라도 부탁해볼 수 있지 않을까 하는 얄팍한 심산에 부자가 된 사촌 테이블에 슬쩍 가서 앉아 말을 붙여보기도 했다. (그때 군대 생활하면서 우리 집에 자주 놀러 왔던 조카가 먼발치에서 경멸 어린 시선으로 나를 쳐다보던 게 생각난다.) 그래, 전적으로 그런 건 아니고 대체로 그렇다는 말이다, 대체로. 그리고 그게 꼭 옳은 행동이라고 말하는 것도 아니지 않은가?

아무튼 나는 목적을 갖고 책을 읽는 것은 좋아하지 않고, 읽는 것 자체가 목적인 독서를 좋아한다는 말을 하고 싶다. 그러다 보니 책방 주인이라는 의무감으로 베스트셀러 훑어보는 행위도 웬만하면 하지 않는다. 그래서 가끔 어떤 고객이 와서 "이 책 베스트셀러던데 읽어보셨죠? 어떠셨어요?"라고 묻기도 하는데, 처음엔 둘러대느라 곤욕을 치르곤 했지만, 요즘은 그냥 뒷머리 긁적이며 "죄송합니다. 안 읽어봤습니다"라고 솔직하게 대답한다.

책방에 오는 손님도 두 부류로 나눌 수 있다. 책상에 앉아 공부하는 카공족은 전자다. 그밖에도 거의 대부분의 손님이 전자에 속한다. 그러다 보니 후자에 속하는 손님을 만나면 내심 내 편을 만난 것 같아 기쁘다.

책방 오픈 이후 처음 단골이 된 60대 여자 손님이 그런 부류다. 아침 열 시 책방 문 열 때 와서 따뜻한 카페라테 한 잔 시켜 마시며 《논어》《맹자》 같은 동양고전을 두어 시간 읽다 가곤 하던 손님이었는데, "스타벅스 가다가 집 앞에 생긴 거 보고 와봤는데 너무 좋네요. 자주 올게요"라고 하며, 석 달 동안 거의 하루도 빠지지 않고 출근 도장을 찍었다. 그러다 근처에 사는 진상 고객이 드나들면서 슬그머니 발길을 끊었다. 그때는 첫 단골손님이어서 혹시 건강에 이상이 생긴 건 아닌가 걱정했던 기억도 난다.

그런 손님이 지금도 있다. 캐리어에 책을 담아 끌고 다니며 여러 종의 책을 번갈아 읽는 60대 여자 손님, 아이와 함께 온 적도 있지만 거의 혼자 와서 삼복더위에도 뜨거운 커피만 마시며 추리소설 읽다 가는 30대 후반의 여자 손님, 유모차 끌고 와서 한 발로 유모차 흔들며 '아무튼' 시리즈를 차례로 사서 보는 중년 여자 손님 등이 그렇다. 물론 우리 책방 손님은 아니지만,

역사소설 한 권씩 갖다달라고 해서 《덕혜옹주》《난설헌》《알로하, 나의 엄마들》 등을 재밌게 읽어나가시는 장모님도 그중 하나다. "신 서방, 책 한 권 부탁해"라는 말을 들을 때마다 장모님이 내 직업을 응원해주시는 것 같아 혼자 속으로 뿌듯해하곤 한다.

그런데 아쉽게도 갈수록 이런 손님이 줄고 있다. 책 말고 다른 즐길 게 많아졌기 때문이다. 케이블 TV, 넷플릭스, 게임에 스마트폰까지, 즐길 거리가 얼마나 많은데 책 읽을 시간이 어디 있겠는가? 젊은 애들 상황은 더 심각하다. 이들은 책보다 다른 오락거리를 먼저 접했기 때문인지 책은 안중에도 없다. 아니 공부에 지치고 물려서 그런지 책 읽기를 싫어하기도 하고, 심지어 경멸하는 친구까지 있다고 한다.

우리 나이대 사람들한테 책 좋아하느냐고 물어보면 열에 아홉은 좋아한다고 말하겠지만, 요즘 애들한테 물어보면 열에 아홉은 "아뇨, 싫어하는데요? 왜 읽어요? 뭐 하러 읽어요?"라고 할지도 모르겠다.

예전에 우리 책방을 공부방으로 애용하던 40대 부부를 생각하면 그런 아이들 반응이 당연하다는 생각도 든다. 중학생과 초등학생 남매를 키우던 부부는 책방에 유일하게 있던 4인용 테이블에 앉아 아이들은 학습지 풀게 하고 자신들은 커피 마시며 지켜보다가, 아이들이 조금이라도 딴짓하면 목소리를 잔뜩 날카롭게 세워 신경질적으로 지적을 해댔다. 요즘 부모들 더하면 더하지 덜하지 않겠지만, 우리 책방에까지 와서 그렇게 아이들 다그치는 모습을 보며, 책방 매출 떨어져도 좋으니 이제 그만 좀 와주었으면 하고 바라던 기억이 난다.

그렇게 보면 책 읽기를 오롯이 즐기는 연령은 혼자 책을 읽을 수 있는 6~7세부터 공부 스트레스가 생기기 전인 12세 정도까지, 그리고 은퇴한 60대 이후일 것이다. 학생 때는 공부하느라 책 읽을 시간이 없고, 나이 들어서는 먹고사느라 책 읽을 시간이 없다. 당연한 일이고 어쩔 수 없는 노릇이다.

그나마 지난해부터 고양시에서는 초중고 학생들한테 1만 5,000원짜리 쿠폰을 무료로 나눠 주면서 동네책방에서 참고서와 만화책을 제외한 책을 사게 하고 그 비용을 대신 내주는 프로그램을 진행하고 있는데 나름 호응도 좋다. 책방 입장에서도 도움이 꽤 많이 되고……

많은 아이들이 찾아와 《아몬드》《소년이 온다》《귤의 맛》《체리새우: 비밀글입니다》 같은 책을 사 간다. 그런데 예상보다 많은 부모가 아이들 책이 아닌 자기들 보는 책을 사려고 한다. 마치 애들이 책 볼 시간이 어디 있느냐는 듯한 당당한 얼굴로 주식책이나 요리책을 달라고 하는 사람들이 생각보다 꽤 많다. 그런 사람들을 욕하고 싶진 않다. 다만 그래도 공짜로 주는 쿠폰이니 읽지는 않더라도 아이들이 자기가 좋아하는 책을 사는 체험 한 번쯤은 하게 해주면 좋겠다.

사실 무엇보다 책을 읽는다는 건 어쩌면 무사하다는 뜻이기도 하다. 삶이 무사하니 책도 읽는 것이다. 몸이 아픈데, 집안에 큰일이 생겼는데, 어떻게 책을 읽을 수 있겠는가? 평온한 일상이 계속되어야 책도 읽는 것이다. 여기에서 공부와 취미에 이은 책 읽기의 세 번째 기능이 나온다. 휴식이 그것이다.

> "와인 한 병. 대용량 나초 치즈 맛 토르티야 칩 한 봉지와 매운 살사소스. 옆에는 담배 한 갑(네, 압니다. 알고말고요). 유리창을 두드리는 빗방울. 그리고 책 한 권. 이보다 더 근사한 풍경이 어디 있을까?"
>
> ─앤서니 호로비츠, 《맥파이 살인 사건》 중에서

정말이지 나로서는 온몸이 저릴 정도로 기분 좋아지는 풍경이다. 물론 지금은 담배를 끊었고, 와인보다는 맥주를 좋아하지만, 이렇게 좋아하는 것들과 함께 책을 읽으면서 고요하고 한적하게 시간을 보내면 얼마나 좋겠는가? 그런 휴식의 즐거움을 사람들에게 나눠 주고자 미스터버티고 책방도 연 것이다.

책방이 주택가 골목길에 있었을 때, '미스터버티고는 책만이 아니라 책 읽는 시간까지 팝니다'라고 적힌 입간판을 세워 놓은 적이 있다. 그 앞을 지나가던 아이가 "아빠, 책 읽는 시간까지 판다는 게 무슨 말이야?"라고 물었던 게 기억난다.

책방 열기 전에 테이블에서 책을 읽게 할까, 읽지 못하게 할까 한참 고심했는데, 책방 열자마자 커피 한 잔 시켜놓고 책방에 있는 책을 모조리 꺼내 와서 탑처럼 쌓아놓고 읽는 손님이 나타나자마자, 더 고민 않고 곧바로 구매 후 읽는 것으로 방침을 정했다. 물론 와이프는 그런 내 결정에 "책도 못 읽게 하면서 책 읽는 시간까지 팔기는 개뿔" 하고 핀잔을 주기도 했지만 말이다.

어쨌든 나는 우리 책방이 사람들에게 책을 읽는 여유를 주는 공간이었으면 좋겠다. 그리고 사람들이 모두 삶에 쫓기지 않고, 무사하고 평온하고 여유로워서, 마음 놓고 책도 읽을 수 있으면 좋겠다. 다들 무사하기를. 그래서 우리 책방도 무사할 수 있기를.

책을 읽는 것에 대하여 2:
혁명인가 도피인가

책방을 연 2015년은 이명박, 박근혜 정부 8년째 되는 해로, 차라리 혁명이라도 안 일어나나 은근히 기대하던 때였다. 2016년 메르스 사태 때 박근혜가 A4 용지에 궁서체로 인쇄한 '살려야 한다'는 문구 앞에서 전화를 거는 사진 패러디가 크게 유행한 적이 있는데, 나도 '팔아야 한다'는 문구를 책방 벽에 붙여놓은 사진을 SNS에 올려서 많은 '좋아요'를 받기도 했다.

그런 시절이어서 그랬을까? 책방을 열고 얼마 지나지 않아 어떤 고객이 사사키 아타루의 《잘라라, 기도하는 그 손을》이라는 책을 주문했는데, '기도하는 손을 잘라버리라니, 제목 참 폭력적이군'이라고 생각하며 책을 슬쩍 거들떠보았다가, 그만 큰 충격을 받고 말았다. (책방을 하는 장점 중 하나가 이렇게 자신의 취향과 관심 영역 밖의 전혀 새로운 책을 고객이나 다른 누군가에 의해

쉽게 접할 수 있다는 점이다.)

이 책에 따르면, 책은 원래 읽을 수 없는 것이다. 타인의 꿈을 읽는 것은 불가능하다. 읽으면 미쳐버리기 때문이다. '읽었다'고 말하는 것이 아니라, '읽어버리고야 말았다!'라고 할 수 있어야 진정한 책이다. 그런 책은 원래 읽을 수 없는 것이기에, 읽고, 다시 읽고, 쓰고, 다시 고쳐 쓸 수밖에 없는데, 그러한 행위가 바로 세계를 변혁하는 힘의 근원이라고 주장한다.

11세기 말 피사의 도서관 구석에서 로마법 대전이 발견되고, 이 로마법을 교회법에 주입하여 고쳐 써서 12세기 중반에 《그라티우스 교령집》이 나온다. 이 새로운 교회법을 근거로 교회가 성립하고 이것이 근대국가의 원형이 되었는데, 바로 이게 12세기 중세 해석자 혁명이라고 한다. 또 라틴어 성경을 독일어로 번역한 마르틴 루터에 의해 촉발된 '대혁명'은 성서를 읽는 운동이었고, 문맹이던 무함마드가 대천사에게 '읽어라, 읽어라, 읽어라'라는 계시를 받고 나서 읽을 수 없는 것을 읽고 잉태한 것이 바로 코란이라고 한다.

책에 감명을 받고 책에 나온 '읽고 쓰는 것, 그것이 바로 혁명이다'라는 문장을 책방 벽에 크게 써놓고 싶었지만, 조금 낯뜨겁기도 하고, 책방에 빈 벽이 없어서 그렇게 하지는 못했다.

(이 문구를 인쇄한 종이로 에어컨 실외기 구멍을 슬쩍 붙여 막긴 했다.) 책을 읽고 쓰는 것이 혁명일 수 있다니 놀라운 생각의 전환이었다. 그리고 2년 뒤 정말로 거짓말 같은, 혁명과 같은 일이 일어났다. 박근혜가 탄핵되고, 대법원에서 탄핵 심판이 선고된 것이다.

지금도 엄청난 유튜브 조회수를 자랑하는 이정미 헌법재판소 소장 권한대행의 탄핵 선고 장면을 보면, '읽고 쓰는 것이 혁명'이라는 것을 직관적으로 알 수 있다. 법률이라는 텍스트에 준거하여 주문을 쓰고, 그 주문을 낭독함으로써 대통령을 탄핵시켰던 것이다.

이 책은 문학이 끝났다고 하는데 디킨스가 《데이비드 코퍼필드》를 출판한 1850년 영국의 성인 문맹률이 30퍼센트였으며, 그해 발자크가 죽었는데 프랑스 국민 40~45퍼센트가 글을 읽을 줄 몰랐다고 밝힌다. 더 '근사'한 것은 그해 러시아의 문맹률은 무려 90퍼센트였는데 1836년 푸시킨이 《대위의 딸》을 냈고, 도스토옙스키가 1846년에 《가난한 사람들》을, 톨스토이가 1852년에 《유년시대》를 낸 사실이라고 하면서, 책의 역사, 문학의 역사는 아직 초기라고 주장하고는 이렇게 말한다.

"(인류는) 터무니없는 노력을 언어에 쏟아부어왔어요. 왜일까요? 어떻게 그런 일을 할 수 있었을까요? 당연합니다. 문학이 살아남고, 예술이 살아남고, 혁명이 살아남는 것이 인류가 살아남는 일이기 때문입니다. 그 이외에는 없습니다. 왜 쓸까요? 왜 계속 쓰는 걸까요? 계속 쓸 수밖에 없지 않습니까? 달리 할 일이라도 있습니까?"

-사사키 아타루, 《잘라라, 기도하는 그 손을》 중에서

그렇다. 나 역시 달리 하고 싶은 일도, 할 수 있는 일도 없어서 책방을 냈다. 손님이 없으면 책을 읽고, 글을 쓰고, 손님이 있으면 책을 팔면서 사는 일. 그게 내가 하고 싶은 일이고, 그 외에 달리 할 일도 없다.

하지만 이 책을 접하기 전까지 내게 책은 현실을 극복하는 혁명의 도구라기보다는 세상으로부터 도망칠 도피의 도구에 가까웠다. 대학생 때 동기들이 최루탄 가스 마셔가며 시위할 때도 나는 캠퍼스 구석에서 소설책이나 읽고 있었고, 최순실에 의해 국정 농단 사건이 터진 뒤 수많은 사람이 거리로 나가 촛불 시위를 할 때도, 나는 그저 책방에 앉아 조용히 책을 읽고 팔았을 뿐이다.

여덟 명의 작가들이 익명으로 아무런 보상 없이 좋은 소설 600권을 선정하고, 그렇게 선정된 좋은 소설만 파는 소설 전문점 이야기인 《오 봉 로망》에는 이런 문장이 나온다.

"우리는 꼭 필요한 책, 장례식 다음 날에도 읽을 수 있는 책을 원한다. 너무 울어서 더는 눈물이 나지 않고 애끊는 고통에 자기 발로 설 수조차 없을 때에도 읽을 수 있는 책을 원한다. 죽은 아이의 방을 정리할 때에도, 아이가 쓴 글을 늘 품고 다니고 싶어서 일기장을 베끼고, 옷걸이에 걸린 아이 옷에서 100번, 1,000번 냄새 맡을 때에도, 그러다 더는 할 일이 없을 때에도 가장 가까운 측근처럼 옆에 있어주는 책을 원한다. 아무리 피곤해도 잠들지 못하는 밤에, 자꾸만 떠오르는 환영을 떨치고 싶은 밤에 읽을 책을 원한다……."

-로랑스 코세, 《오 봉 로망》 중에서

참혹한 현실 속에서도 읽고 싶고, 읽을 수밖에 없는 책. 정말이지 나는 그런 책을 읽고 싶고, 그런 책을 다른 사람들에게 전하고 싶다. 나는 강인한 모습으로 현실에 맞서 싸워 극복하는 당당한 사람보다, 그 현실에 아파하고, 다른 사람의 아픔에

공감하며, 그 아픔을 또 다른 사람에게 전하고, 그렇게 함으로써 사람들이 다른 꿈을 꿀 수 있게 해주는 그런 사람을 좋아하고, 나 역시 그런 사람이 되고 싶다.

읽고 쓰는 것, 그것은 때로 도피가 되기도 하고, 때로 거대한 혁명을 불러오기도 한다. 도피와 혁명은 읽고 쓰는 것, 즉 문학에서 나온 두 명의 다른 자식일지도 모른다. 그렇게 생각하면 책을 팔고 있어서 조금 안심이 되기도 하고, 으쓱해지기도 한다.

실제로 사사키 아타루는 책의 출판과 유통에 종사하는 사람은 천사와 같은 일에 종사하는 거라고 말한다. 그러니 더 이상 책이 팔리지 않는다고, 손님이 없다고 징징대지 말아야 한다. 90퍼센트의 사람들이 문자를 읽을 줄 몰랐을 때에도, 글을 쓰고, 책을 만들고, 책을 팔았던 사람들이 있었으니 말이다.

책을 많이 읽는 것에 대하여

니체도, 쇼펜하우어도, 나쓰메 소세키도, 스탕달도, 롤랑 바르트도, 헨리 밀러도, 마르틴 루터도 "책은 적게 읽어라. 많이 읽을 게 아니다"(《잘라라, 기도하는 그 손을》)라고 해서 그런 건 아니지만, 사실 나는 책을 많이 읽지 않는다. 아니 책방 주인치고는 너무 적게 읽는 편이다.

예전에 책방을 하기 전에는 책을 좋아한다고 말하기에도 민망할 정도였다. 실제로 대학생 시절, Y대 국문과 다니던 사촌이 내 방에서 하룻밤 자고 가면서, 내가 한 달을 붙잡고 있던 소설책을 두 권이나 단번에 독파하는 걸 본 뒤로, 어디 가서 절대 독서가 취미라고 말하지 말아야겠다고 다짐했던 기억도 난다. '에이 설마, 책방 주인이? 겸손 떨기는' 하고 핀잔할지도 모르겠지만, 고백하건대 추리소설이 나올 때마다 족족 읽어대는 우리 책방 단골손님보다도 읽는 양이 적다.

요즘은 소설책 사는 마흔 넘은 남자 만나보기 어려운데, 그는 특이하게도 예순이 넘은 추리소설 마니아다. 일본 쪽보다는 영미나 유럽 쪽을 선호하는데, 소설 좀 추천해달라는 말에 몇 권 유명 작품을 얘기했다가 무안만 당하고, 《장안 24시》와 《귀신나방》 두 권을 추천해서 겨우 체면치레했을 정도로 다독가다. "읽고 나면 작가도 작품도 기억나지 않고, 어떤 책은 절반 넘게 읽을 때까지 옛날에 이미 읽은 소설이란 걸 모를 정도로 기억력이 형편없지만, 이것만큼 재미난 게 또 없네요"라고 하는 그의 말에 이상한 동지애 같은 걸 느낀 적도 있다.

그도 나처럼 읽을 책이 없어지면 초조해하는 부류다. 사 간 책을 다 읽으면 부리나케 책방에 달려와 "요즘 뭐 읽을 거 안 나왔어요?"라고 물으며 소설 평대를 뒤지다가 마땅한 신간이 안 보이면 어떻게든 읽을 걸 찾으려고 북유럽 서가 쪽으로 달려가곤 한다. 도통 재미있는 추리소설을 찾지 못하다가 오랜만에 《사일런트 페이션트》를 재미있게 읽고 의기양양하게 소개했던 날에는 저녁에 마트에서 물건 사고 아파트로 들어가는 그와 은밀하게(?) 눈인사를 나누었는데, 마치 둘이 무슨 작당이라도 꾸미는 동지가 된 것 같았다.

그 뒤로도 책방 앞을 지나치던 그와 눈인사를 나눌 때면 동지처럼 서로 묘한 미소를 나누곤 했는데, 몇 달 전 서울로 이사 가서 이젠 더 이상 오지 않는다. 그가 있을 때는 그에게 소개하려고 북유럽 추리소설이 나오면 애써 부지런히 읽었지만, 요즈음은 아무래도 추리소설에 손이 덜 가게 된다. 나로서는 단골을 잃은 아쉬움보다 좋은 책 친구를 잃은 아쉬움이 훨씬 크다.

새로 나온 책을 재미있게 먼저 읽고 취향이 비슷한 고객한테 추천하는 게 동네책방 주인의 핵심 역할이고, 그렇게 해서 취향이 비슷한 사람들이 모여 동네의 작은 문화 공동체를 만드는 게 동네책방의 중요 역할이다. 그러니 동네책방 주인은 최소한 어느 정도는 책을 많이 읽어야 하고, 재미있게 읽은 책을 고객들한테 적극적으로 추천해야 하는데, 그걸 제대로 못하고 있다. 쩝.

사실 책방 주인이 아니어도, 책을 어느 정도는 읽어야 한다고 생각한다. 책 읽기도 때가 있기 때문이다. 나는 우리 쌍둥이들이 공부 잘하는 것보다 책을 많이 읽으면 좋겠다. 물론 서울대 가고, 판검사, 의사 될 정도로 공부 잘하면 최고지만, 내 머리와 우리 집 사정을 보면 그럴 가능성은 극히 희박하다. 그래서 공부 따위 아예 안 해도 상관없다고 생각한다. 몇 달 있으면 여섯 살인데 한글은 물론이고 아직 숫자도 제대로 못 읽지만, 상관 안 한다. 다만 책 읽는 즐거움은 알았으면 좋겠다. 점점 책보다 TV 보는 걸 더 좋아하는 것 같아 걱정이지만, 그래도 아직까지는 책 읽어달라며 내게 책을 들고 와서 다행이다. 물론 '아직까지는'이지만 말이다.

왜 나는 우리 아이들이 책 읽기를 좋아하기를 바라는 걸까? 책방 주인이니까 아이들이 책방을 물려받길 바라서는 절대 아니다. 조금 거창한 말이지만, 인류가 지금까지 일궈온 수많은 작품을 제대로 읽고, 느끼고, 생각할 수 있기를 바라서다. 그리고 무엇보다 책 읽기도 때가 있기 때문이다. 어떤 책은, 아니 대부분의 책은 읽을 때가 지나면 그 책에 담긴 재미를 제대로 느낄 수 없게 된다. 공부 때문에, 다른 재미 때문에, 먹고사는 문제 때문에, 바빠서 그 때를 놓친다면 인생에서 그 책이 주는 즐거움을 다시는 느끼지 못할 수도 있다.

'멍멍 강아지 없다' 하고 강아지가 눈을 가리고 있다가 다음 장에서 눈을 크게 뜨며 까꿍! 하고, '찍찍 쥐 없다' 하고 쥐가 눈을 가리고 있다가 다음 장에서 눈을 크게 뜨며 까꿍! 하는 《열두 띠 동물 까꿍 놀이》를 태어난 지 6개월 즈음 읽어줬을 때는 쌍둥이들이 까꿍! 할 때마다 자지러지게 웃었는데, 1년 넘어서부터는 시큰둥해했다. 또 거대한 사과가 쿵! 떨어지고 동물들이 하나둘 찾아와 사과를 먹고 가는데, 마지막까지 사과를 먹는 두더지 위치 찾는 게 묘미인 《사과가 쿵!》을 그렇게 재밌게 보다가, 두 돌 지나면서부터는 거들떠보지도 않는 걸 보면 책 읽기에도 때가 있다는 건 확실하다.

초중고생, 대학생, 20대, 30대, 40대를 거치면서 그 시절의 한때를 함께 지나온 책들이 있다. 고교 시절 자율학습 시간에 치기 어린 마음에, 남들 《성문 종합영어》《수학의 정석》 볼 때 《난장이가 쏘아올린 작은 공》《당신들의 천국》 같은 책을 탐독했던 때를 후회하지 않는다. 동기들이 거리로 나가 최루가스 마셔가며 민주주의를 외칠 때 캠퍼스 한구석에 쭈그리고 앉아 《상실의 시대》를 읽던 것을 후회하지 않는다. 비록 남들처럼 어학연수 가고 높은 토익 점수 받아 대기업에 취직하지는 못했지만, 남들 입사 시험 공부할 때 《체 게바라 평전》을 읽고 가슴 먹먹해하던 것을 후회하지 않는다.

잘 다니던 회사 때려치우고 《엄중히 감시받는 열차》 만든 걸 후회하지 않고, 다시 들어간 회사에서 나름 잘나가다가 한직으로 물러나 파주 사옥 옥상 골방 사무실에 들어앉아 1,000페이지가 넘는 《샨타람》 원고를 보던 때를 후회하지 않는다.

(아니 이건 후회한다. 젠장. 미리 지불한 선인세를 포기하는 한이 있더라도 책 내지 말고 회사 생활 열심히 했더라면, 지금쯤 남들처럼 이사, 감사 하다가 퇴사할 수도 있었는데 말이다.)

어쨌거나 내가 읽었거나 들었거나 보았던 책과 만화와 영화와 음악으로 지나온 내 인생은 더욱 풍요로워졌다고 확신한다. 더 하지 못한 게 아쉬울 뿐이고, 책방 하면서 그런 아쉬움은 없어서 좋다. 나는 우리 아이들도 그렇게 꼭 읽어야 할 책을 꼭 읽어야 할 나이에 읽을 수 있으면 좋겠다. 물론 세계적인 걸작 《나니아 연대기》의 작가이자, 머릿속에 도서관이 통째로 들어 있었다는 C. S. 루이스는 "나이 들어서 유치하게 아이들 책을 읽는다고 비난받는 사람일수록 어렸을 때는 어른들 책을 읽는다고 비난받았다. 명실상부한 독서가치고 (인생) 시간표에 맞춰 책을 읽는 사람은 없다"(《책 읽는 삶》)라고 했지만, 그건 어디까지나 책 많이 읽는 사람 이야기이고, 적게 읽는 우리 같은 평범한 사람들은 최소한 읽어야 할 책을 읽어야 할 때 읽을 정도로는 책을 읽어야 한다고, 나는 생각한다.

책방 손님에 대하여

아침 열한 시. 부랴부랴 오픈 준비를 마치고 테이블을 소독하고 돌아서는데, 또 그 여자다. 민망한 레깅스 차림으로 오픈할 때 나타나, 밤 열 시 마감할 때까지 카운터 앞 4인용 원형 테이블을 벌써 한 달 가까이 독차지하고 있다. 창가 쪽 우리 책방 자리가 아니라 쇼핑몰 공용 자리여서 그동안 신경 끄고 있었는데 정말이지 이건 해도 너무한다. 하루 평균 최소 20여 명의 사람들이 잠깐씩 이용하고 가는 자리를 혼자 개인 전용석처럼 쓰고 있다. 자리를 비울 때도 개인 물건을 늘어놓아 다른 사람의 이용을 막는다.

그나마 우리 책방에서 커피 한 잔 시켜 나로서는 다행이지만, 그 자리를 이용하던 단골손님의 항의가 들어오고, 나도 알게 모르게 매출에 영향을 받고 있는 터라, 오늘은 과감히 다가가 "손님, 죄송한데 자리를 오래 이용하시려면 옆에 1인용 자리를 이용해주시면 안 될까요? 부탁드립니다"라고 말해야지 다짐하지만 그냥 다짐으로 그칠 뿐 실행에 옮기지는 못한다.

왜 과감히 가서 그렇게 이용하면 안 된다고 이야기하지 못하는 걸까? 답답해서 아내에게 전화했더니, "하지 마. 자기가 얘기한다고 그 사람이 '네, 알았습니다' 할 것 같아? 그럴 사람이었으면 애초에 그렇게 행동하지도 않았어. 괜한 분란 또 만들지 말고 담당 MD한테 얘기해서 보안요원한테 처리해달라고 해"라고 한다. 예전의 그때 그 여자 생각이 나서 나도 고개를 끄덕이며 물러선다.

그때 그 여자. 아마도 동화작가 지망생이었던 30대 여성으로 기억한다. 책방 오픈하고 얼마 지나지 않아 단골이 되었는데, 우리 책방 분위기가 좋았는지 거의 매일 오다시피 하고, 친구를 데려오기도 하고, 황석영 작가가 들렀을 때 함께 이야기를 나눈 적도 있다.

나는 왜 그 여자가 마음에 들지 않았을까? 네 개 테이블에 좌석이 모두 열 석밖에 안 되는데 오래 자리를 차지해서? 아니면 자리에 개인 물건을 놓고 밖으로 나가 한참 있다 돌아와서? 모르겠다. 나이 들면서 어쩐지 나와는 결이 맞지 않는 사람이 있다는 걸 깨닫는 중인데, 어쩌면 단지 그런 이유인지도 모르 겠다.

어느 주말이었다. 그날따라 이상하게 테이블에 빈자리가 없이 손님이 가득 찼다. 여느 때처럼 열두 시쯤 여자가 나타났 지만 다행히(?) 자리가 없어 그냥 돌아갔다. 그런데 두어 시간 있다가 또 왔다. 그때는 좌석이 하나 남아 있었지만, 과감하게 "죄송한데 오늘은 손님이 많아서 그러니 다음에 이용해주시면 안 될까요?" 했다. (그러지 말았어야 했다. 좌석이 있으니 당연히 손 님으로 받았어야 했다. 지금은 후회하고 있다.)

하나 남은 자리를 여자가 차지하고 앉으면 문 닫을 때까지 그 자리에 다른 손님을 받을 수 없게 된다. 손님 없는 주중에는 그나마 견딜 만하지만 손님이 많은 주말까지 그렇게 온종일 자 리를 차지하게 내버려둘 수는 없다는 얄팍한 심산에 큰 용기를 내어 말한 것이다.

며칠 뒤 여자한테 서운했다는 문자가 와서, 나도 그날은 미 안했다, 하지만 책방을 개인 독서실처럼 이용하시면 안 된다고 답장을 보냈다. 여자는 내가 언제 개인 독서실처럼 이용했느냐 고 했고, 나는 종일 자리 잡아놓고 밖에도 나갔다 오고 그러지 않았느냐고 했고, 그 뒤로 몇 번인가 서로 날 선 공방이 문자로 오갔다. 당연히 여자는 그 뒤로 더 이상 책방을 찾지 않았고, 나도 잊게 되었다.

그런데 책방 이전 때 전체 고객한테 안내 문자를 보냈는데, 그 여자의 고객 정보가 그대로 남아 있었나 보다. 여자가 그따위로 손님 응대하고 돈 벌어 이사해서 좋겠다며, 왜 나한테까지 이런 문자를 보내느냐며 불쾌하다고 하고는 답장 보내지 말라고 문자를 보내왔다. 기분 나빠서 나도 답장을 보내 싸울까 했지만 참았다. 지금이라면 그때처럼 응대하지 않았을 테니까.

그 사건 이후로, 30분 이상 자리를 뜰 경우 좌석을 비워야 한다는 것을 운영 원칙으로 세웠고, 같은 문제로 더 이상 다른 손님과 분쟁을 벌이지 않게 되었다. 그리고 쇼핑몰로 이전한 후로는 그런 원칙도 없앴다. 여전히 오픈 때 와서 자리 차지해놓고, 식사도 하고 쇼핑도 하며 전용 독서실처럼 이용하는 고객이 몇 명 있지만, 어차피 지금은 좌석도 많아졌고, 문이 없어서 밖으로 나간다는 구분도 모호하고, 결정적으로 좌석이 꽉 차 대기 손님이 생기는 경우가 거의 없어 그냥 내버려두는 편이다.

하지만 고민은 여전히 현재 진행형이다. 나와는 직접적으로 상관없는 일이지만, 공중도덕을 제대로 지키지 않고 남한테 피해를 주는 사람을 그냥 두고 보아야 하는가? 만약 여자한테 지적하면 불특정 다수 20명이 그 자리를 이용할 수 있게 되고, 책방 고객도 더 늘 수 있을 테지만, 그 여자와는 험악한 사이가 되고, 여자가 사 먹는 한 달 약 6~7만 원의 커피 매출은 확실히 사라지게 된다.

지금까지 나는 가능하면 남의 일에 참견하지 않았다. 그럴 용기도 없지만, 어렸을 때 어머니 친구 아들이 골목길에서 담배 피우는 고등학생 타이르다가 칼 맞아 죽었다는 이야기를 들은 뒤로는 특히 꺼리게 되었다. (이건 정말이다.) 그리고 무엇보다 나는 어렸을 때부터 남한테 싫은 소리 안 듣는 걸 목표로 살았다. 좋은 소리 듣는 건 어차피 글렀으니, 나쁜 소리라도 듣지 말아야지 하는 마음으로 살았다. 그래서 웬만하면 누구 욕하지 않았고, 가능하면 어느 편에도 끼지 않으려 했다.

하지만 점점 나이가 들면서 절대 그럴 수 없다는 걸 깨달았다. 어쩔 수 없이 어느 쪽에 설 수밖에 없는데, 그러면 반대편이라고 욕하고, 같은 편이 왜 그러냐고 욕한다. 어느 편에도 안 끼면? 안 낀다고 양쪽에서 욕한다. 그러니 남이 나를 욕하는 것에 둔감해야 한다. 그러거나 말거나 맘대로 해라. 난 나의 길을 가겠다, 이래야 하는데 나같이 소심한 사람은 그게 잘 안 된다.

17명의 유명 장르소설 작가가 에드워드 호퍼의 그림을 주제로 쓴 단편소설 모음집인 《빛 혹은 그림자》에 수록된 로런스 블록의 〈자동판매기 식당의 가을〉이라는 단편에는 스코틀랜드의 국민 시인 로버트 번스의 시구 하나가 실려 있다. "다른 사람들 눈에 비친 모습으로 우리 자신을 볼 수 있는 능력을 우리에게 내릴 능력이 내게 있었더라면"인데, 그런 능력을 갖고 싶은가? 소설 속 여주인공은 정신이 제대로 박힌 사람이라면 그런 능력을 원하지 않을 거라고 하는데, 나는 원하는 쪽이다. 그리고 그쪽에 섰다고 욕해도 뭐 어쩔 수 없는 노릇이다.

아, 젠장. 오늘도 그 여자는 또 와서 4인용 테이블을 혼자 차지하고 앉는다. 어쩔 수 없이 그제야 나는 휴대폰을 들고 담당 MD의 연락처를 찾는다. 과연 여자는 언제까지 아무렇지 않게 혼자 온종일 그 자리를 독차지할까?

책방에서 책 읽는 손님에 대하여

미스터버티고 책방에서 책을 읽어도 되나?

된다. 서가에서.

책방에는 책상도 많은데 책상에서 읽으면 안 되나?

된다. 사고 나서.

책상에서 구매 안 한 책을 읽으면 절대 안 되나?

아니다. 살 책을 정하기 위해 10~20분 이내로 깨끗하게 살짝 읽는 건 괜찮다.

책방 오픈 이후 끊임없이 고객과 실랑이를 벌인 뒤 세운 운영 원칙인데 아직도 애매하다. 살지 말지 검토하는 건지, 그냥 마구 읽는 건지 판단하기 쉽지 않다. 실제로 얼마 전 10여 권의 책을 쌓아놓고 읽는 고객을 보고, (하루에도 몇 번씩 입으로 되풀이하고, 책상과 서가마다 써 붙여놓은) "고객님, 죄송한데 판매하는 새 책이어서, 자리에서는 구매 후 읽어주세요"라는 지겨운 안내를 또 했다. 그러면 "그래요? 몰랐어요"가 대부분의 반응인데, 이 고객은 "어떤 책 살까 살펴보는 건데 그래도 안 되나요?" 한다.

여기서 응대가 어렵다. 원칙은 그래도 안 된다. 서가에서 한 권씩 살펴봐야지 이렇게 책상에 한가득 쌓아놓고 하면 안 되는 거다. 그리고 책상을 이용하려면 음료를 구매해야 하는데, 음료 구매도 안 했기에 더더욱 안 된다. 하지만 안 된다고 하면 분명히 트러블이 생길 것 같아, "빠른 검토 부탁드립니다"라고 하고 물러섰다. 다행히 그 고객은 얼마 안 있어 자리에서 일어나 책을 서가에 꽂고 한 권을 사서 나갔다.

그런데 간혹 그렇지 않은 고객도 있다. 아직까지도 내 기억에 남은 최악의 고객은 책방 오픈 초기에 중학생, 초등학생 자녀와 남편과 함께 찾아온 40대 중년 여성이다. 한꺼번에 음료 네 잔을 시켜서 감지덕지하며 직접 책상까지 음료를 들고 갔는데, 이미 책상 위에는 책이 수북하다. 당연히 안 된다고 했지만, 고객은 "아, 네" 하고 끝이다. 심지어 독서대까지 버젓이 펼쳐놓고 책을 마구 읽는 것이다. 한 시간 있다가 또 가서 이야기 했던 것 같다. 그래도 "아, 네" 하고 만다. 아이들까지 있는데 싸우기 싫어서 그냥 나갈 때까지 내버려두었는데, 그들이 책방에 머문 다섯 시간 동안 나는 부글부글 속을 태워야 했다. 그때는 장사를 시작한 지 얼마 되지 않은 때라 그랬지만 지금이었다면 당연히 얼굴을 붉히더라도 제지하고 내보냈을 것이다.

자영업자의 가장 큰 고충이 바로 진상 고객 응대다. 책방에는 진상 고객이 거의 없지만, 책 읽으면 안 된다는 안내를 무시하고 계속 읽는 고객이 그나마 악성 고객이라고 할 수 있다.

오늘도 한 어머니가 초등학교 저학년 아이 둘을 데리고 왔는데, 애들이 《이상한 과자 가게 전천당》을 한 권씩 들고 책상에서 읽고 있다. 아르바이트생이 근무 교대하며 "저분들, 읽으면 안 된다고 안내했는데 계속 읽고 있어요"라고 한다. 10분 있다가 내가 가서 다시 안내했는데, 어머니는 "네, 알겠어요" 했지만 아이들은 아무렇지 않게 계속 읽고 있다. 내 이야기를 못 알아듣는 나이도 아닌 것 같은데……. 결국 어머니가 얼마 있다 사정사정하며 아이들에게 책을 거의 뺏다시피 해서 서가에 갖다놓고 갔다.

그런가 하면 지난주에는 지적으로 보이는 60대 여성이 소파에 앉아 책 두 권을 읽고 있어 안내했더니, "살 거예요" 하고는 10여 분 뒤 카운터에 와서 중고책 한 권을 사서 자리로 돌아가더니 구매한 중고책은 옆에 놔두고 읽고 있던 새 책을 계속 읽는다. 이쯤 되면 나도 머리로 피가 몰리기 시작한다. 물러설 수 없어 또 가서 얘기했더니, "아니, 좀 읽으면 안 되나? 한 권 샀으면 다른 책 좀 봐도 되는 거지, 뭘 그렇게 깐깐하게 굴어. 네네, 알았어요. 안 읽을게요"라고 하며 책방을 나간다.

사실 이보다 더한 건 책방에 직접적인 손해를 끼치는 고객이다. 랩 포장을 뜯는 건 예사고, 심지어 엊그제는 《다섯 번 종이접기》의 아래쪽 비닐을 칼로 예리하게 도려낸 것을 발견하기까지 했다. 한눈에 봐도 새 책인데 마치 자기 책인 것처럼 책배를 펼치고 꾹꾹 눌러 읽어서 도저히 팔 수 없게 만드는 고객도 생각보다 많다. 그렇게 읽다가 카운터에 가져와 "이 책 사고 싶은데 새 책 없나요?"라고 묻기까지 한다. (여보세요? 방금 전까지 새 책이었거든요?) 이렇게 파손된 책은 반품도 잘 안되고 고스란히 책방의 손실이 되기 때문에 손님에 의해 의도적으로 파손된 책을 발견할 때마다 기분이 안 좋아지는 건 어쩔 수 없는 일이다.

쇼핑몰로 이사 온 뒤로 이렇게 멋대로 책을 읽는 고객이 훨씬 많아졌다. 이유를 곰곰이 따져보니 마냥 고객 탓만은 할 수 없었다. 꽤 많은 고객이 와서 "여긴 어떻게 이용하는 건가요?"

라고 묻는다. "서점이면서 커피숍입니다" 하면 "네, 그렇군요" 하는데, 처음부터 북카페인 줄 알고 음료 사서 당당하게 책 몇 권 뽑아 자리로 가는 고객도 꽤 많다. 대형 쇼핑몰에 커피숍과 서점이 함께 있으니 고객이 혼란을 느끼는 것도 당연하다.

더군다나 몇 년 전 교보문고가 광화문점에 100명이 앉을 수 있는 5억짜리 리키타 소나무 책상을 놓고 책을 마음껏 읽게 한 뒤로, 사람들은 점점 서점 책상에 앉아 구매하지 않은 판매용 새 책 읽는 것을 당연하게 여기는 것 같다. 심지어 교보는 이를 마케팅으로 활용하면서 오히려 장려하고 있으니, 그 피해는 고스란히 우리처럼 작은 서점들이 떠안게 된다. 온라인 서점에 대응하기 위해 마련한 대형서점의 새로운 서비스라고 하면서, 고객의 손때 묻은 책은 반품하지 않고 다른 곳에 활용한다고 하는데, 교보는 그게 가능할지 모르지만 우리 같은 작은 책방은 어려운 일이다. 구매하지 않은 책을 책상에서 읽어도 된다는 고객의 인식이 우리 책방으로서는 큰 골칫거리다.

예전에는 서점에 책상은 물론이고 의자도 없어서 바닥에 앉아 읽는 사람이 태반이었다. 대학생 시절 심심하면 종로서적 갔다가 교보문고 들러 집에 가곤 했는데, 어느 날 그 길 중간에 또 다른 대형서점이 새로 문을 열었다. 여긴 또 어디지 하고 들어갔는데, A타입 서가에 앉을 자리가 있는 것을 보고 엄청 좋아하며 그곳에 앉아 편하게 책을 읽다 갔는데, 나중에 알고 보니 그곳은 앉는 자리가 아니라 책 놓는 평대였고, 오픈 초기여서 비어 있는 평대를 내가 의자로 착각한 것이었다. 그때 나는 철없게도(?) 서점에 의자가 있으면 참 좋을 것 같은데, 하며 아쉬워했었다.

그 뒤로 좌석을 한데 모아 쉼터 코너를 마련해놓는 서점이 한두 곳씩 생기기 시작하더니, 서가 사이사이에 푹신한 일인용 의자가 들어섰고, 급기야 도서관이 무색할 정도로 수많은 책상 좌석이 매장 중앙에 떡하니 자리하게 되었다. 이런 서비스가 고객 유입을 증가시켜 궁극적으로 서점의 매출 증대로 이어진다고 생각하는 것 같은데, 부쩍 늘어난 카공족 때문에 그들도 골머리를 앓고 있는 것 같아 요즘은 내심 고소하다는 생각마저 든다.

그런가 하면 마음 아픈 기억도 있다. 쇼핑몰 지하에 있을 때 일이다. 그때는 아동 코너에 여덟 명 정도 앉을 수 있는 큰 책상이 있었는데, 그 자리에 아이들이 앉아 마구 책을 보곤 했다. 그날도 랩핑 벗겨진 책을 몇 권 발견해서 무척 화가 난 상태였는데, 중학생쯤으로 보이는 덩치 큰 녀석이 자리에 앉아 책을 대

여섯 권 늘어놓고 읽는 것이다. 달려가서 안 된다고 하고 돌아섰는데, 갈 줄 알았던 녀석이 마치 내 말을 무시하듯 그대로 앉아만 있다. 다시 가서 이번에는 눈을 똑바로 쳐다보며 절대 안 된다고 했지만, 녀석은 눈만 멀뚱멀뚱할 뿐이다. 급기야 책을 치우며 단호하게 안 된다고 하자 그제야 겨우 자리에서 일어선다. 그런데 그뿐, 이번에는 책을 책상 위에 놓고 서서 읽고 있는 것이다. 이쯤 되니 나도 열불이 나서 아이를 세워놓고 영업방해로 경찰 부른다고 엄포를 놓고 내보냈다.

그런데 한참 있다 한 여자 손님이 아이들 책 몇 권을 구매하면서 저 아이한테 뭐라고 했냐고, 손님한테 그러면 안 되는 거 아니냐고, 아무리 아이지만 그렇게 막말을 해도 되냐고, 그러는 거 아니라고, 아이가 자기 경찰한테 잡혀가는 거냐며 겁을 내고 울었다고 하는 것이다. 말을 알아들을 나이인 것 같은데, 아무리 얘기해도 안내를 따르지 않아서 나도 모르게 화가 났다고 죄송하다고 하면서 녀석을 쳐다보니 덩치는 분명 중학생은 된 것 같은데, 어쩐지 아이의 행동이 앳되고 나이에 맞지 않게 부자연스럽다. 그제서야 비로소 발달장애가 있는 아이였나 하는 생각이 들었다. 그 일을 생각하면 지금도 마음이 좋지 않다.

사실 마음 같아서는 나도 원하는 대로 책을 읽게 하고 싶다.

사람들한테 책 팔고 책 읽게 하는 게 내 일인데 팔기만 할 뿐 읽지는 못하게 하니 이 또한 위선이 아닌가 싶어 구매 후 읽어야 한다고 안내할 때마다 별로 마음이 좋지는 않다. 물론 그러다가도 소파 자리에 아이들과 앉아 아이들 그림책을 예닐곱 권씩 뽑아다놓고 작정하고 읽어주는 어머니를 보면 화가 나는 것도 사실이지만.

그래서 요즘은 그런 꿈을 꾼다. 어느 시골 한적한 곳에 지금보다 넓고 쾌적한 중고책 전문 책방을 열어서 마구 읽게 하는 것. 그림책방 하나, 만화책방 하나, 소설책방 하나, 이렇게 방마다 중고책을 가득 진열해놓고 마음껏 읽다가 가도 좋은 그런 책방을 하고 싶다. 아, 물론 입장료는 받고. 나도 먹고는 살아야 하니까.

소설가 김영하는 어느 방송에 나와 "책은 산 책을 읽는 게 아니라, 사둔 책 중에 골라 읽는 것이다"라는, 전국의 책방 주인이 들으면 환호할 말을 했다.

그런가 하면 C. S. 루이스는 이런 말도 했다.

"선생님은 새로 산 내 고전 책을 정원 일을 하느라 지저분해진 손에 쥐고는 단단한 책표지를 갈라지는 소리가 날 때까지 뒤로

꺾고 페이지마다 흔적을 남겼다. 그때마다 나는 몸서리를 쳐야 했다. 우리 아버지도 '물론 기억나지. 노크 선생님에게 흠이 하나 있다면 바로 그거였다'라고 말했다. '나쁜 흠이었어요.' 내가 맞장구를 치자 아버지는 '거의 용서할 수 없는 흠이었지'라고 말했다."

-C. S. 루이스, 《책 읽는 삶》 중에서

그러니까 여러분, 책은 사기 전에 읽지 말고, 사고 나서 읽읍시다. 사기 전엔 깨끗하게 살펴만 보고, 사고 나서 마음껏 읽으시든 말든 맘대로 하세요.

내가 좋아하는 손님에 대하여

나는 책 한 권을 옆구리에 끼고 서가를 둘러보는 사람을 좋아한다. 그건 한 권은 정했고 다음 책을 고른다는 뜻으로, 옆구리에 낀 그 한 권은 거의 판매가 확정된 거나 다름없으며, 나아가 추가 득점까지 기대해볼 수 있기 때문이다. 물론 두 권이면 더 좋고, 아예 가슴에 한아름 안고 있는 고객이면 더 좋지 않느냐고 반문할 수도 있겠지만, 그건 1년에 한두 차례 있을까 말까 한 특별한 경우여서, 좋아한다거나 기대한다고 말할 수는 없다.

대학생 때 내 꿈은 사고 싶은 책 마음껏 사는 거였다. (30대 때 회사 그만두고 1인 출판하면서 독거 생활할 때는 대형마트에서 돈 걱정 없이 장 한번 실컷 보는 게 소원이었다.) 그 시절 나는 수업 일찍 끝나면 혼자 버스 타고 종로 가서, 코아아트홀에서 영화 한

편 보고, 교보, 종로, 영풍 순례하는 걸 큰 낙으로 삼았는데, 하루는 교보문고에 들어서니 입구 양옆에 늘어선 직원들이 90도로 인사를 하는 거다. 처음엔 깜짝 놀랐지만, 알고 보니 오픈 시간이었다. 너무 일찍 왔나 싶었지만 평소와 달리 손님이 거의 없어 마음껏 한가롭게 서가를 돌아다니는데, 어떤 여사님이 눈에 들어왔다.

멋지게 차려입은 그 여사님이 책을 들고 휘리릭 한 번 넘겨 보고 휙 하고 건네면, 뒤따르던 정장 차림의 사내가 두 손으로 공손히 받아 수레에 담는 거였다. 여사는 그야말로 닥치는 대로(?) 책을 건넸고, 서점 오픈한 지 30분 만에 수레에는 그렇게 쌓인 책이 언뜻 봐도 이미 백 권은 넘어 보였다.

당시 나는 용돈 받아 쓰는 학생 신분이었기에(물론 결정 장애도 있긴 했지만), 이 책을 살까, 아니 이게 나을까, 이 책은 두꺼운데 가격이 착하네, 이건 사고 싶긴 하지만 당장은 안 읽을 것 같고, 하면서 몇 번이나 같은 책을 들었다 놨다 하다가 결국 빈손으로 서점 문을 나설 때가 한 권이라도 사 들고 나올 때보다 더 많던 시기였다. 그랬으니 그 여사님의 호기가 얼마나 부러웠겠는가?

나도 나중에 돈 많이 벌어 저 여사님처럼 사고 싶은 책 마음껏 사야지 생각했는데, 결국 그 꿈은 다른 방식으로 이루어졌다. 책방 주인이 되어 한도가 넉넉한 월초에는 사고 싶은 책을 그때 그 여사만큼은 아니지만 비교적 마음껏 주문한다. 온라인 페이지를 보고 주문 엑셀 파일에 ISBN과 제목, 가격을 붙여넣기하는 것뿐이고, 그것도 한도에 걸려 꾸준히 반품을 해야 하지만.

책방을 열고 손님이 없을 때면 그런 여사님이 우연히 우리 책방에 들러 한 백 권쯤 책을 쓸어 담아가는 책벼락(?) 맞는 상상을 하기도 했는데, 한번은 정말 멋진 외제 세단이 가게 옆에 서더니 근사하게 차려입은 중년 여성이 차에서 내려 우리 책방 안으로 들어오는 게 아닌가? 여성은 커피 한 잔 시키며 강신주의 《마크 로스코》가 있느냐고 물었는데, 정가 5만 원짜리 책이라 선뜻 주문하지 못한 책이었다. 결국 그 여성은 3천 원짜리 커피 한 잔만 마시고는 내릴 때처럼 우아한 동작으로 세단에 오르더니 휑하니 가버렸고, 뒤늦게 후회하며 그 책을 주문해 갖다놓았지만, 여사님은 다시 오지 않았고, 그 책은 나중에 우리 단골손님이 사 갔다.

그런데 실제로 그런 대박 고객이 온 적도 있다. 세단은 아니지만 멋진 외제차였고, 차림새가 남다르긴 했지만 그렇다고 범접 못 할 정도는 아닌 중년 남성이었는데, 잘 안 나가는 고전 위주로 30여 권을 한꺼번에 사 가서 나를 놀라게 했다. 자기는 사업을 하는데 못 배운 게 한이 되어 고전 읽기 공부를 하고 있다면서. 시카고 대학 고전 읽기 목록을 준비해놓으면 두어 달에 한 번씩 와서 사 가겠다고 했고, 약속대로 대여섯 번 정도 와서 백여 권 넘게 고전을 샀다. 자기계발서도 아닌 고전을 한 번에 이삼십 권씩 사는, 나로서는 너무나 고마운 고객이라 올 때마다 책을 박스에 담아 손수 차 트렁크에 실어주며 극진히 대접하기도 했다.

물론 정기적으로 와서 올 때마다 10여 권이 넘는 책을 사는 고객이 아직도 몇 명 있지만, 출판사 대표나 직원, 혹은 일반 회사 직원들로 업무상 필요해서 사는 경우가 대부분이다. 요즘 같은 시대에 출판산업에 종사하지 않는 사람이 자기가 읽으려고 자기 돈 내고 한 번에 열 권 넘게 책을 사는 건 쉽지 않은 일이다. 그리고 이렇게 책을 한꺼번에 많이 사는 고객을 내가 특별히 좋아하는 것도 아니다. 매우 드문 일이기도 하지만, 가끔 그런 고객 중에는 무슨 큰 선심 쓰듯 하면서 책을 사서 어쩐지 동정받는 기분이 들게 하는 경우도 있기 때문이다.

책방을 한적한 주택가에서 대형 쇼핑몰 안으로 옮긴 뒤로 단골손님이 거의 끊겼다. 아무래도 지금은 예전 책방에서 풍겼던 고즈넉함, 따스함, 뭔가 시대에 역행하는 듯한 독립적인 느낌, 미스터버티고 책방만의 독특한 분위기를 느낄 수 없어서겠지. 그런 이유라면 나도 괜찮다. 하지만 그들이 예전에 우리 책방을 자주 찾아온 이유가 우리 책방이 주는 즐거움 때문이 아니라, 그저 응원하고 싶어서, 도와주고 싶어서 온 것이었다면, 어쩐지 조금 쓸쓸해진다. 섣부른 동정 따윈 받고 싶지 않기 때문이다.

사실 내가 제일 좋아하는 고객은 내가 좋아하는 책을 좋아하는, 나와 취향이 비슷한 고객이다. 그런 고객이 있다. 신간 진열하면서, '어, 이 책 괜찮아 보이네. 나중에 읽어봐야지' 하면 꼭 먼저 사 가는 고객. 내가 읽다가 카운터 옆에 놓아둔 책을 보며 "그 책 뭐예요?" 하며 사 가는 고객, 그 고객이 사 가는 책은 나도 한 번 돌아보게 되고, 그 고객이 책방에 없다고 주문하면 두 권 주문해서 한 권은 구비해놓게 되는 그런 고객. 내가 띠지로 써놓은 신간을 귀신같이 찾아서 사 가는 고객, "요즘 왜 신간 띠지가 없어요? 읽을 책이 없잖아요?"라고 핀잔주는 고객, "대형서점에 가면 돌아다니느라 힘만 들고 책이 너무 많아서 고르는 데 한참 걸리는데, 여기는 작지만 다 내가 찾는 책이어서 너무 편하고 좋아요" 하는 고객. 나는 그런 고객이 좋다.

요즘처럼 집값이 천정부지로 치솟는 상황에서 집에 서재를 꾸미는 것도 어찌 보면 큰돈 드는 일이다. 10억짜리 30평 아파트에 3평 크기 서재를 꾸미면, 책을 쌓아놓는 데만 1억을 쓰는 셈이다. 그래도 나는 그때 그 여사님처럼 사고 싶은 책을 마구 사는 그런 과소비를 나중에라도 한 번은 꼭 해보고 싶다. 책을 마음껏 사는 건, 먹고 싶은 음식이나 입고 싶은 옷이나 신고 싶은 신발이나 들고 싶은 가방을 마구 사는 것과는 차원이 다른 일이기에, 부추겨도 될 만한 과소비라고 생각한다. 내가 할 수 없으면 우리 아이들한테라도 그런 경험을 한 번은 하게 해주고 싶다. 아이들이 초등학교 고학년이 되면, 책방에 데려가 각각 한 20만 원씩 쥐여주고 "사고 싶은 책 몽땅 다 사!" 해야겠다.

한강의 《소년이 온다》에 이런 말이 나온다. "사람은 두 종류다. 양심이 있는 사람과 없는 사람." 내게도 사람은 두 종류다. "책을 사는 사람과 안 사는 사람." 그리고 나는 책을 사는 사람을 좋아한다. 그것도 아주 많이. 그리고 나도 책을 많이 사는 그런 사람이 되고 싶다.

지금은 없는 단골손님에 대하여

《오늘 상회》라는 그림책에는 유리병에 담긴 오늘을 판매하는 '오늘 상회'라는 가게가 나오는데, 보자마자 내가 마음속에 그리는 책방이라는 생각을 했다. 주위가 온통 키 큰 나무로 둘러싸여 있고, 앞에는 너른 잔디밭이 깔려 있는 붉은색 벽돌로 된 작은 2층집인데, 숲속으로 가는 길에는 벤치도 있고, 주변 나무 너머 저 멀리 산 밑으로는 휘황찬란한 도시 불빛도 작게 보이는, 찾아가기에도 그리 어렵지 않은 아주 이상적인 위치의 가게였다. 지금 나는 그런 숲속 작은 외딴 책방을 꿈꾸고 있다.

그리고 엊그제 책덕후인 데비 텅의 카툰 에세이《딱 하나만 선택하라면, 책》을 보는데, 서점이 있는 곳으로 '도심 상가, 개조된 유서 깊은 건물, 야외, 조용한 외딴 지역' 이렇게 네 군데를 꼽는 것을 보고, 비록 영국 상황이지만 그것이 실현 불가능한 꿈은 아니라는 위안을 얻었다. 아, 물론 국내에도 작가 부부가 실제로 살고 있는 집을 개조해 운영하는 유명한 괴산의 숲속작은책방이 있지만.

오래전에 봤던 영화 〈꿈의 구장〉은 옥수수밭에 야구장을 만들어 전설적인 야구선수들을 불러 모으는 이야기다. 하얀 야구복을 입은 선수들이 옥수수밭 사이에서 나와 야구장에 들어서는 장면이 무척이나 인상적이었다. 마치 그 영화 속 장면처럼 이젠 더 이상 우리 책방에 오지 않는 예전 단골들이 하나둘 나무 사이에서 나와 숲속에 새로 연 우리 책방에 찾아오는 상상을 한다.

페인트가 잔뜩 묻은 작업복 차림으로 찌든 담배냄새를 풍기며 들어와 콜린 매컬로의 《마스터스 오브 로마》 시리즈를 사갔던 50대 후반의 사내가 다시 찾아와 그 뒤로 출간된 《시월의 말》과 《안토니우스와 클레오파트라》 시리즈를 계산해달라고 건네면, 반가운 마음에 나도 모르게 "근처에 인테리어 공사가 있나 보죠?" 하고 묻고, 그러면 그가 누런 이를 드러내고 씩 웃으며, "숲 너머에 커피숍 공사가 있어서요"라고 대답하는 상상을 한다.

"집에 놔두면 눈에 띄니 나 죽고 나서라도 아들 손자가 언젠가는 들춰보지 않겠어요?"라며 칸트 비판서 세 권을 한꺼번에 사 갔던 여든 넘은 할머니 손님이 책방 문을 열고 들어와 잘 들리지 않는 귀 때문인지 여전히 큰 소리로 "언제 책방을 이리로 옮겼대요? 오늘은 플라톤《향연》이랑《국가》줘요"라고 하면, 나는 "요즘도 블로그에 글 계속 쓰세요?"라고 안부를 묻는 상상을 한다.

"건강이 안 좋아졌어요. 그래서 서울에 있는 실버타운으로 들어가려고 해요. 28일에 가는데, 지나가다가 생각이 나서, 그래도 인사나 하고 가야지 싶어서 들렀어요"라며 마지막 날까지 책 한 권을 달라기에, 굳이 책 안 사주셔도 된다고 하니, "아니요. 그래도 눈에 띄어야 한 줄이라도 읽어요. 다행히 아직 눈은 괜찮으니까 읽을 수 있을 때까지는 읽으려고요. 죽을 때까지 읽어야 해요. 그래야 해요" 하고 갔던 근처 오피스텔에 혼자 살던 할아버지가 다시 오셔서 반가운 마음에, "아니 영감님, 여기로 옮긴 거 어떻게 알고 오셨어요? 실버타운에서 나오셨어요?" 하고 물으니, "그럼, 그럼요. 건강이 다시 좋아져서 나왔지요. 또 오지요" 하고 가는 상상을 한다.

두 사람 모두 작고 여린 몸에 너무나도 선하고 아름다운 미소를 지어 잘못 보면 쌍둥이가 아닐까 착각할 정도로, 척 봐도 천생연분인 젊은 부부가 그때처럼 다시 와서 "오늘은 제가 다니는 출판사에서 새 책이 나와서 이벤트 제안을 하러 들렀습니다"라고 해서, "아이고 여기까지 와주셔서 너무 감사해요. 요즘은 어떠세요? 괜찮죠?"라고 아무렇지 않게 안부를 묻는 상상을 한다.

그밖에도 언제나 활기찬 모습에 굵은 목소리로 신간 소설 이야기를 하시던 의사 선생님이 와서 "〈오징어 게임〉 봤어요? 정말 재밌던데"라고 인사를 건네고, 언제나 무거운 가방을 메고 와서 책상 가득 두꺼운 교정지를 펼쳐놓고 교정을 보던 편집장이 다시 와서 새 책 증정본을 건네고, 녹지에 앉아 클래식 기타 연주를 하던 출판사 사장님이 이번엔 우쿨렐레를 들고 와 가볍게 튕기며 노래까지 하고, 올 때마다 책을 열 권씩 사 가던 부부가 헐레벌떡 들어오며 키우던 차우차우 개한테 줄 물 한 컵 달라고 하는 그런 상상을 해본다.

〈꿈의 구장〉은 아들이 열일곱 살 때, 마이너리그를 전전하다 꿈을 접고 창고지기가 되어 세 살 때부터 혼자 자신을 키우며 살던 아버지에게 아무 꿈도 없이 현실에 찌들어 산다며 모진 말을 하고 뛰쳐나간 뒤, 자신도 어느덧 꿈을 잃어가는 30대

중반이 되어 뒤늦게 후회하고 옥수수밭을 갈아엎어 야구장을 만들어서, 야구선수 시절의 젊고 꿈 많은 아버지를 불러내 함께 캐치볼을 한다는 이야기로, 꿈을 이루는 곳이 바로 천국이라는 메시지를 담은 영화다.

췌장암 수술 후유증으로 허리뼈가 부러져 병석에 누워서만 생활하시던 아버지에게 어머니가 안 계신 어느 날 점심으로 초밥을 사 갔지만, 그날따라 심기가 불편했는지 안 먹겠다고, 놔두면 나중에 먹겠다며 돌아눕는 모습에 화가 나서 소리치며 문을 쾅 닫고 나왔던 적이 있다. 그때 일이 지금 너무 후회스럽다.

어제는 책방 문 닫고 집에 갔더니, 아내가 "엊그제 마트 갔을 때 '말썽부리면 여기 잡아놓는다'고 마트 아저씨가 얘기했을 때 아빠가 아무 말도 안 해줘서 서운했다며 애가 잘 때 엉엉 울었어"라고 한다. 녀석이 손에 든 츄파춥스 사탕 막대로 랩핑된 고기 위를 꾹꾹 누르고 다녀서 안 된다고 말리는데, 옆에 있던 종업원이 그렇게 말해서, 속으로 '왜 그딴 소리를 하는 거야?' 생각했지만, 아이가 잘못했기에 별말 않고 물건만 사서 나왔는데, 아이 입장에서는 그게 서운했나 보다.

언제쯤이면 나는 아이의 마음에 상처 준 일로 후회하지 않는 제대로 된 아버지가 될 수 있을까? 언제쯤이면 누군가에게 상처 주지 않고, 상처 받지 않으며 살 수 있을까?

그런데 사실 그건 불가능한 바람이라는 것을 안다. 사춘기 이후 소중한 것을 잃으면 아프게 상처를 받는다는 사실을 알고부터, 어리석게도 나는 아프지 않고 상처받지 않기 위해 소중한 사람을 만들지 않으려고 애썼다. 그래서 마흔 넘어서까지 결혼 안 하고 혼자 자유롭게 살았는데, 뒤늦게 결혼해서 아이들 낳고 키우며, 아버지 돌아가시고 나이 쉰이 넘은 지금에서야 비로소 그게 아무 의미도 없는 불가능한 헛된 바람이라는 사실을 알게 되었다. 상처 주지 않으려는 노력도 중요하지만, 그것보다 더 중요한 건 비록 상처를 주었더라도 흉이 지지 않게 그 상처를 보듬어주고 사랑하는 일을 멈추지 않는 것이다.

〈꿈의 구장〉 주인공은 야구장을 만들어 돌아가신 아버지를 만나 캐치볼을 하며 한을 풀지만 파산 직전에 몰려 야구장을 팔아야 할 처지에 몰린다. 하지만 같이 있던 전설의 은둔 작가 테렌스 만이 "사람들은 올 걸세. 아이들처럼 순진한 모습으로 이곳에 나타나서 과거를 갈망할 거야. 그들이 좋아하는 고요함을 돈으로 사는 거지. 그들은 관중석으로 가서 셔츠를 올려붙이고 완벽한 오후를 보내겠지. 야구장을 내려다보면서 어릴 때 앉았던 자리에 앉아 그들의 우상들을 응원하던 시절을 기억할 거야. 그리고 경기를 보고 나면 마치 마법의 물에 담갔던 것처럼 추억이 너무 진하게 남아 그들의 얼굴을 씻어줘야 정신을 차릴 거야"라고 한다. 영화는 정말로 야구장으로 이어지는 시골길에 자동차 불빛이 끝도 없이 늘어서는 장면으로 끝이 난다.

오늘은 자주 와서 영업사원 활동비로 음료를 결제하고 대신 책을 사 가는 단골손님한테 "연휴 때 어디 놀러 갔다 오셨어요?"라고 인사말을 건넸더니, "에어비앤비로 외딴 시골집 구해서 아이들이랑 2박 3일 책만 읽다 왔어요"라고 한다. 숲속 외딴 책방에 북스테이 사업도 추가하면, 어렸을 때 따뜻한 아랫목에 배 깔고 누워 귤 까먹으며 만화책 보던 내 또래 사람들이 오랜만에 책 보며 한적한 시간 보내러 영화 속 장면처럼 차를 몰고 줄지어 나타나주지 않을까 상상해본다.

지금은 없는 특이한 손님에 대하여

　예전 주택가 골목의 작은 책방이었을 때는 분위기 때문인지 손님 자체는 적었지만 특이한 손님이 많았다.

　하루는 손님 없어 책 읽다 꾸벅꾸벅 졸고 있는데 '딸랑' 하고 도어벨이 울리더니, "아저씨, 딸꾹! 구경 좀 하고 가도 돼요?" 하고 초등학생 여자애 한 명이 책방 문을 빼꼼 열고 묻는다. 미소를 지으며 고개를 끄덕였더니 책방 안으로 폴짝 들어와, "책 한 권에, 딸꾹! 보통 얼마씩 해요? 근데, 하울의 딸꾹! 움직이는 성이 원래 책이었어요? 딸꾹! 해리포터, 딸꾹! 있어요? 근데, 딸꾹! 아저씨, 여기 와서 딸꾹! 공부해도 돼요? 그럼 아저씨가, 딸꾹! 곤란해지려나? 딸꾹! 아저씨, 안녕히, 계세요. 딸꾹!" 하고 책방을 나간다. 아이 나간 빈 책방에 대고 "고맙단다, 얘야, 오후의 잠을 깨워줘서, 딸꾹!" 하고 혼잣말을 했다.

또 어느 뜨거운 여름날엔, 바람막이 점퍼 차림에 옛날엔 흔치 않던 검은색 마스크를 쓰고 야구 모자를 깊이 눌러 쓴 사내가 책방 안으로 들어왔다. 처음엔 옷차림 때문에 손님이 아니라 일수 전단지 배포하는 사람인 줄 알고 실망했는데, 그는 한참이나 서가를 둘러보다가 카운터로 다가와 마스크를 벗고 앞니 빠진 새는 발음으로 "《수탈된 대지》 있나요?"라고 물었고, 그제야 나는 그가 적어도 예순이 넘은 사내라는 걸 알았다. 재고가 없어 대신 키케로의 《노년에 관하여 우정에 관하여》를 사 갔는데, 며칠 뒤 다시 와서 비전향 장기수 허영철의 삶을 만화로 옮긴 《어느 혁명가의 삶》, 트로츠키의 《사회주의는 실패했는가》, 이오덕의 《나는 땅이 될 것이다》, 최시형 평전 《새로운 세상을 꿈꾼 해월 최시형》, 브라이언 다이젠 빅토리아의 《불교 파시즘》을 주문한다.

나이에 맞지 않은 라이더 옷차림에, 나이치고는 드물게 꼬박꼬박 존댓말을 써가며, 무정부주의자나 좌절한 사회주의자가 아닐까 의심할 만한 책을 주문하는 좀처럼 보기 힘든 손님이었는데, 나중에 책 찾으러 왔을 때 보니, 자전거 라이딩을 즐기며 넉넉한 노후를 보내는 부자 할아버지가 아니라, 오토바이로 신문 배달하는 노인이어서 더 놀랐다.

그런가 하면 책방에서 맥주 마시다 취해 그다지 필요하지 않을 것 같은 책을 열 권씩 사면서 "지난번에 왔을 때 저쪽 서가가 두 번째 칸에 있던 책을 사고 싶었는데, 가방도 무겁고 어딜 가야 해서 못 샀어요. 오늘 그 책이 있을까 기대하고 왔는데 역시 있었어요. 별게 아닐 수도 있지만, 그게 눈물이 핑 돌 정도로 제겐 감동이었어요. 그 자리. 그 위치. 내가 원하는 어떤 것이 어떤 공간을 점유하고 있다는 것. 그리고 우리는 그 공간의 위치로 그것을 기억하고 있다는 것. 책 제목과 저자 이름은 잊어버릴 수 있어요. 그런데 어느 책방의 어느 서가, 어느 칸에 있던 책, 그것만으로도 책을 기억하게 돼요. 그래서 그런 공간이 내겐 정말 고맙고 소중해요"라고 말하고 간 고객도 있다.

한번은 20대 탈북 청년이 와서 약간은 어눌한 말투로 자기는 북에서 왔는데 인생의 가르침을 주는 책을 추천해달라고 한 적도 있고(처음에는 당시 베스트셀러인 《미움받을 용기》를 추천했고, 다시 왔을 때는 《감옥으로부터의 사색》을 추천했는데, 두 번째 책이 마음에 들지 않았는지 그 뒤로는 안 왔다), 50대 후반의 사내가 무거운 배낭을 짊어지고 작은 트렁크까지 끌고 담배 찌든 내 풀풀 풍기며 가게 안으로 들어와서, 잡상인인 줄 알고 "어서오세요"라고 하지 않고, "어떻게 오셨어요?"라고 묻는 실수를 했지만, 불쾌한 기색 없이 가라타니 고진의 《철학의 기원》을 한 권 사면서, "콘셉트가 아주 좋아요. 내가 프랜차이즈 2호점 하고 싶네. 그럼 여기가 본점이 되는 거죠. 근데 어려운 책이 많아요. 그리고 좌파에 가깝네요"라고 하고 가기도 했다.

까만 선글라스에 짧게 깎은 머리, 힙합 스타일의 치렁치렁한 청바지에 커다란 군용 배낭을 멘 할아버지가 잡지에 나온거 보고 찾아왔다며 《좌파 세계사》를 사 간 적도 있었고, 미국에 사는데 열흘 휴가를 받아 한국에 온 김에 찾아왔다며, "외국에 살다 보니 향수병 같은 게 있는지 한국소설을 많이 읽게 돼요"라며 한국소설을 많이 사 간 인스타그램 친구도 있었고, 또 어떤 손님은 여행 갔다 와서 선물을 주고 가기도 하고, 팬이라며 서울 합정동에서 찾아오기도 하고, "응원합니다. 장사 잘되세요? 날씨 추운데 매출 떨어졌을까 봐 걱정했어요"라고 한 고객도 있었고, 책방 이사할 때는 화분이며, 선물이며, 심지어 금일봉을 건넨 고객도 있었다.

이들이 내게 보여준 따뜻한 시선과 응원은 점점 더 살기 힘겨워져가는 시대에 책이라는 이 처치 곤란의 골칫덩이(?)를 사랑하는 사람들끼리 서로에게 보내는 무언의 연대의식이 아니었을까.

그런데 그런 손님들이 쇼핑몰로 이사 온 뒤로는 뚝! 끊겼다. 이곳은 옷이나 신발을 사려는 쇼핑객이 주로 오는 곳이니 어쩔 수 없는 일이다. 지난 토요일에는 책을 열여덟 권 팔았는데 《녹나무의 파수꾼》《러셀 서양철학사》두 권을 빼고 모두 아이들 책일 정도로 아동도서 위주로 팔리고, 소설보다 에세이, 인문서보다 자기계발서가 더 많이 나간다. 그러니 예전처럼 특색 있는 손님이 거의 없다.

물론 망고나 양말, 팬티나 티셔츠를 파는 게 아니라 책을 팔고 있기 때문에 아직도 그런 손님들이 예전보다 많이 줄긴 했지만 드물게 책방을 찾아오기도 한다. 어제 온 네 명의 손님 중 두 명은 멀리서 찾아온 듯했는데, 한 명은 《불온하고 불완전한 편지》《최선은 그런 것이에요》《동물농장》《이것이 인간인가》를 샀고, 다른 한 명은 《미래는 오지 않는다》《노동에 대해 말하지 않는 것들》《언어의 7번째 기능》《재즈 선언》《굉음의 혁명》을 사 가기도 했다. 그제는 도나 타트 신작을 찾던 할머니가 책 좀 추천해달라고 해서 《할렘 셔플》을 추천했는데, 자기는 북유럽 추리소설도 좋아한다고 해서 요 네스뵈의 신작 《킹덤》도 재밌다고 했더니 두 권 다 사면서 "다음에 또 추천 부탁해요"라고 하고 가기도 했다.

달랑베르와 디드로의 《백과전서》에는 서점에 대해 이렇게 적혀 있다.

서점Librairie : (보통명사) 거래의 특성상, 합당한 지성과 지식을 지닌 이가 운영한다면 서점은 경의의 대상이 될 수 있다. 그것은 최고로 고귀하고 탁월한 직종 중의 하나로 간주되어야 한다.

—장-뤽 낭시, 《사유의 거래에 대하여》 중에서

나는 합당한 지성과 지식을 갖추지 못했기에 애초부터 미스터버티고 책방이 경의의 대상이 될 수는 없겠지만, 그렇다고 오다가다 들러 아동책이나 베스트셀러 한 권씩 사는 쇼핑객만 오는 그런 책방으로 남고 싶지는 않다.

책도둑에 대하여

방금 전 책 다섯 권을 사 간 고객이 다시 와서 혹시 자기 핸드폰 못 봤느냐고 다급하게 묻는다. 요즘 같은 불경기에 책을 무려 다섯 권이나 구매한 고객은 특급 VIP이기에 황급히 주위를 살펴보고 전화해보라며 핸드폰까지 건넸다. 고객은 상대방이 전화를 받았는데 바로 끊었고, 다시 걸었더니 전화기가 꺼져 있다며, 분명 누군가 가져가서 전화 오니 전원을 끈 거라고 보안팀에 신고해달라고 한다. 설마 우리 책방에 외국에나 있는 핸드폰 도둑이 있을 리는 없을 텐데 의심하면서도 서둘러 방재실로 가서 CCTV 확인을 부탁하고 고객을 방재실로 안내했다. 결국 나중에 알고 보니 핸드폰은 책을 담은 고객의 종이가방에서 나왔고, 배터리가 없어 전원이 꺼진 상태였다.

그럼 그렇지 안도하면서, 우리나라에는 정말 좀도둑이 없다는 생각을 다시 한 번 하게 되었다. 외국에 나가본 사람은 대부분 느낄 테지만, 유럽 유명 관광지에는 정말 도둑이 많다. 나도 아내와 유럽 여행 갔을 때 오스트리아 빈에서 가방을 도둑맞은 일이 있다. 둘이 지하철 의자에 앉아 있는데, 어떤 외국인이 다가와 뭐라고 묻는 것이다. 안되는 영어로 "왓? 쏘리" 하며 대답하고 돌아보니 작은 가방 하나가 없어진 거다. 한 놈이 질문해서 주의를 끈 다음 다른 놈이 바로 옆에 있는 가방을 대담하게 훔쳐 간 거다.

가방을 잃어버린 건 둘째 치고, 놈들이 나를 얼마나 한심하게 봤을지 생각하니 며칠 동안 분해서 잠이 오지 않았다. 내게 질문했던 놈의 시선에 조롱하는 느낌이 섞여 있는 것 같았는데, 당시에는 동양인이라 차별하는 건가 싶었지만, 알고 보니 그건 "내가 지금 네 가방 훔치고 있어, 이 멍청아"라며 진짜 조롱하는 눈빛이었다.

우리 책방에서 책을 훔쳐 간 도둑도 그랬다. 지금까지 내가 직접 확인한 책도둑은 두 명인데, 주택가에 있을 때 한 명, 쇼핑몰 지하에 있을 때 한 명 있었다. 한 명은 잡았고 다른 한 명은 못 잡았다. 한 명은 어렸고 다른 한 명은 흰머리가 많이 난 나이 든 사람이었다. 둘 다 남자였고, 둘 다 나를 조롱했다. 그들이 만약 대놓고 나를 조롱하지 않았다면? 나는 아마도 지금까지 그들의 정체를 몰랐을 거다. '연쇄책도둑마'라는 그들의 정체를 전혀 몰랐을 거다.

책방이 주택가에 있을 때의 일이다. 대학생쯤으로 보이는 손님이 히가시노 게이고의 《기린의 날개》를 계산해달라고 카운터에 올려놓고는 카드가 어디 갔는지 없어졌네 어쩌네 하면서 한도초과인 카드를 내밀었다. 그러면서 "아마 안 될 텐데 한번 해봐주세요" 하고는 어딘가로 전화해서 책상서랍에 카드 있느냐고 묻더니 카드 승인이 떨어지지 않자 기다렸다는 듯 "아무래도 다음에 다시 와서 사야겠네요" 하고 그냥 책방을 나간다. 처음엔 '별 이상한 녀석 다 있네' 하고 의아해했지만, 다음 날 문 옆 베스트셀러 서가에서 《시민의 교양》과 《미움받을 용기 2》가 없어진 걸 발견하고, 혹시나 싶어 녀석이 왔던 시간대의 CCTV를 확인해보았다.

아니나 다를까, 녀석이 같은 저자의 다른 책인 《열한 계단》과 《미움받을 용기 1》 뒤에 겹쳐 있는 책을 빼서 가방 안에 넣는 장면이 고스란히 찍혀 있었다. 포스업체에 연락해 그 시간에 승인 안 떨어진 카드번호를 확인하고 경찰에 신고해서 어렵지 않게 녀석을 잡을 수 있었다. 훔친 책을 갖고 사과하러 책방으로 찾아오겠다는 말을 형사한테 전해 들었는데, 단호하게 거절하고 경찰서에 도둑맞은 책을 돌려받으러 갔다. 그런데 형사가 건넨 책을 보니 우리 책방 책이 아니었다. 책 밑면에 엊그제 날짜 도장이 찍혀 있고, 물고기 모양의 북센 도장도 찍혀 있었다. 우리 책이 아니라고 했더니, 형사는 녀석이 책을 보느라 지저분해져서 새 책을 사서 돌려주는 거라고 하는데, 물론 녀석의 거짓말이다. 나는 이유를 알고 있다. 알라딘 중고책방에 팔고 없으니 새 책을 사서 돌려준 거겠지.

두 번째도 이상했다. 어느 날 몇 번 책방에 왔던 중년 남성이 와서 얼마 전에 책을 샀는데 책 제목이 나오게 영수증을 새로 뽑아달라는 거다. 쇼핑몰 포스를 쓰기 때문에 고객한테 주는 영수증에는 금액만 찍히는데, 지출증빙 때문에 책 제목이 출력된 영수증을 원하는 고객이 더러 있기는 했다. 알겠다고 하고 구매 날짜와 시간을 확인한 뒤 재고관리 포스에서 다시 출력해 건넸더니, 그 책이 아니라는 거다. 사내는 안절부절못하며 《내가 원하는 것을 나도 모를 때》를 내밀고는 이 책의 영수증을 달라고 떼를 썼다. 구매내역이 없으면 영수증 출력이 안 된다고 했더니 곤혹스러워하던 사내는 그 책을 그냥 다시 사겠다며 현금을 내고 영수증 출력을 요구한다.

"아니, 손님. 알라딘에 중고로 팔기 위해 영수증이 필요해서 그 책을 새로 산다는 건 도무지 이해가 안 되는데요?" 했더니, 사내는 그냥 책 제목이 나오게 영수증이나 출력해달라고 했고, 나는 그런 식으로 책을 팔기는 싫어서, 사내가 원하는 대로 그냥 영수증만 한 장 새로 뽑아주었다. 그러자 사내는 과도하게 연신 고맙다고 하며 가게를 나갔고, 그 뒤로 가끔 와서 책을 사고 커피도 마시고 가곤 했다. 자기 나이에 맞지 않는 베스트셀러나 신간을 사서, 항상 현금으로만 계산하고, 제목 나오는 영수증을 반드시 출력해서 갔다.

차츰 나는 그가 의심스러워졌고, 어느 날에는 도저히 못 참고 포스 프로그램이 바뀌어 이젠 제목 출력이 안 된다고 했다. 그러자 사내는 실망한 얼굴로 돌아갔다. 그 뒤로도 사내는 몇 번 책방에 와서 책만 보다가 그냥 가곤 했는데 그 모습이 영 이상했다. 사내는 언제나 어깨에 멜 수 있는 손잡이 긴 가방을 아래로 축 늘어뜨려서 든 채로 한 손으로만 평대에 놓인 책을 뒤적거렸다. 마치 보고 있던 책을 평대 밑으로 길게 늘어뜨려 들고 있던 가방 안에 슬쩍 던져 넣을 기세로 말이다. 너무나 부자연스러운 모습이었지만, 나중에야 알아차릴 수 있었다.

그러던 어느 날 사내는 카운터에 있던 나를 보고 책 한 권을 들어 보이며 "책 제목 나오는 영수증 출력 역시 안 되죠?"라고 물었고, 내가 안 된다고 고개를 가로젓자 의미심장한 미소를 지어 보이고는 그냥 가게를 떠났다.

다음 날 나는 베스트셀러와 신간 열댓 권이 한꺼번에 사라진 걸 알았다. 다음에 오면 동영상을 촬영해서라도 현장에서 잡고야 말겠다고 전의를 다졌지만 그 뒤로 다시는 나타나지 않았다. 그날 사내는 작정하고 책을 여러 권 훔치고는 질문을 던지며 나를 조롱하고 우리 책방에 안녕을 고했던 것이다.

둘은 모두 나를 조롱하고 도발했다. 아무도 없는 텅 빈 책방에 혼자 와서 대담하게 책을 훔치고 그것도 모자라 카운터에 와서 자신의 족적을 남긴 이유가 뭘까? 한두 번도 아니고 왜 매번 회원 가입도 안 하고 현금으로만 계산하고 책 제목이 나오는 영수증을 달라고 할까? 그것도 알라딘에 판다는 것까지 알리면서. 둘 다 나를 도발하고 조롱한 것이다. 마치 연쇄살인범이 자기 범행 정보를 경찰한테 흘리듯이 말이다. 이들은 단순히 책을 읽고 싶은데 돈이 없어서 훔친 게 아니다. 전문적인 '연쇄책도둑마'인 것이다.

미국의 스티븐 블룸버그는 도서관이 일반에 공개하지 않는 책을 해방시킨다는 망상에 사로잡혀 1960년대 말부터 20여 년 동안 미국과 캐나다의 268개 도서관에서 2만 3,600여 권을 훔쳐냈다. 열아홉 살 때부터 30년간 유럽 각지 서점, 도서관, 박물관, 교회 등에서 5만 2,000권을 훔친 영국의 덩컨 제번스도 전설적인 책도둑이다. 1993년 그가 체포된 뒤 4만여 권을 본래 소장처에 되돌려주는 데 2년이 걸렸고 1만 2,000여 권은 경매처분되었다. 제번스는 학문에 대한 선망과 지식욕을 채우려 했다고 주장했다.

-표정훈, 《책의 사전》 중에서

이들 전설적인 책도둑은 그래도 뭔가 고상한 목적이 있었던 것 같다. 하지만 우리 책방에서 책을 훔친 두 명은 그저 알라딘 중고서점에 책을 팔아 돈을 벌려고 하는 좀도둑일 뿐이다. 이들은 어쩌면 중고책을 꽤 비싼 가격에 현금으로 사주는 알라딘 때문에 그렇게 된 건지도 모른다. 우리나라에서 책을 좋아하는 사람들이 가장 좋아하는 인터넷 서점이 알라딘이고, 이들은 전국에 수십 개씩 중고책방을 운영 중이다. 동네에 알라딘 중고책방이 생기면 환호하는 독자들의 게시물도 심심치 않게 올라오고 있다.

하지만 사실 따지고 보면 알라딘은 그저 책도둑을 양산하는 책 장물아비에 불과할지 모른다. 아무리 훔친 책은 사입하지 않는다고 고객한테 영수증을 요구한다지만, 그들로 인해 전문 책도둑이 많이 늘어난 것 또한 사실이다. 예전 다니던 회사의 물류센터 직원이 무려 6천만 원어치 책을 훔쳐 알라딘에 팔다가 걸린 적도 있었으니까.

어제 거래업체에 반품하려고 책을 빼는데 《식물이 아프면 찾아오세요》 《매거진 G2》 《연필》 등 몇 권의 책을 도저히 찾을 수 없었다. 아마도 누군가 가져간 거겠지. 부디 팔아서 용돈 벌려고 가져간 게 아니라, 돈 주고 사긴 싫지만 꼭 읽고 싶어서 가져간 것이길 빈다. 훔친 사과가 맛있듯 훔쳐 읽는 책이 더 재미있을지도 모를 일이니, 그저 그 책 재미있게 읽고, 부디 한때는 책도둑이었던 고종석과 표정훈처럼 멋진 저자가 되길 바란다. 제길.

독서모임에 대하여

제2차 세계대전 당시 독일의 점령지였던 영국 건지 섬 주민들은 독일군한테 키우던 돼지를 모두 빼앗기고 감자로 끼니를 연명하는데, 어느 날 한 부인이 몰래 숨겨둔 돼지 한 마리를 잡아서 이웃들을 초대한다. 누구는 돼지 잡을 칼을 가져가고, 누구는 자신이 집에서 담근 술을 가져가고, 또 누구는 감자껍질파이를 만들어 가서, 푸짐한 음식을 먹고 술도 마시고 수다도 떨며 즐거워한다. 오랜만에 맛보는 돼지고기도 좋았지만, 무엇보다 독일군의 감시와 폭정에 홀로 시달리던 주민들이 함께 모여 서로 따뜻한 정을 나눌 수 있었기에 다들 행복해했다.

파티가 끝나고 늦은 밤 포만감을 안고 집으로 귀가하던 마을 사람들은 독일군한테 잡혀 야간 통행금지 위반으로 체포될 위기에 처한다. 그때 한 여자가 기지를 발휘해 자신들이 북클럽 멤버라고 둘러대 위기를 모면하고, 그 뒤로 얼떨결에 진짜로 독서모임을 열고 함께 책을 읽으면서 전쟁통을 무사히 건넌다는 이야기. 아직도 스테디셀러 자리를 굳게 지키고 있는《건지 감자껍질파이 북클럽》이야기다.

제2차 세계대전 때 북클럽이라니? 이 얼마나 뜬금없는 조합인가? 1940년대 영국의 돼지 키우는 시골 농부들은 찰스 램, 세네카, 오스카 와일드, 셰익스피어를 읽었다니 나로서는 정말 놀라운 일이 아닐 수 없다. 우리나라에서는 지금도 그런 책을 읽는 북클럽을 발견하기가 쉽지 않은데 말이다.

지금까지 책방을 운영하면서 독서모임을 꽤 많이 봤는데, 생각보다 나도 참여하고 싶을 만큼 제대로 운영되는 모임을 찾기가 쉽지 않았다. 강제력이 없으니 멤버는 수시로 바뀌고, 참석자가 없어서 주관자 혼자 앉아 있다 그냥 돌아가는 경우도 봤고, 다행히 참석자가 많으면 모임 주관자가 너무 많이 개입해서 마치 선생님한테 수업 듣는 것처럼 되어버리는 경우도 있고, 한 사람이 지나치게 많은 말을 독점해서 한다거나, 책보다 잿밥(이성)에 관심이 많은 사람들이 있기도 했다. 무엇보다 책을 읽고 책에 관해 이야기를 나누기보다 자기가 얼마나 많이 아는지 자랑하는 시간이 되어버리기 일쑤였다.

그렇지 않은 모임을 딱 한 번 보았는데, 그 모임을 옆에서 지켜보고 있자니, 나도 나이가 젊고 책방을 운영하지 않았다면 같이 참여하고 싶다는 생각이 저절로 들었다. 조금 길긴 하지만 그때 블로그에 썼던 글을 인용해본다.

12월 중순쯤이었을 거야. 그날 어떤 독서모임 송년회가 우리 책방에서 열렸어. 20대 후반에서 30대 초중반으로 보이는 여자 여덟 명에 남자 한 명이 모였는데, 다들 예쁘더라고. 아마 우리 책방에서 책을 한 권씩 사서 더 그랬을 거야. 야, 그럼 책방 하는 놈한테 책 사는 손님이 예뻐 보이는 건 당연한 거 아냐? 암튼 좀 더 들어봐. 모임이 시작되고 다들 양옆에 사슴뿔이 있고 가운데 산타클로스 모자가 있는 크리스마스 머리띠를 하나씩 쓰더군. 다 큰 성인들이 애들 장난도 아니고 무슨 그런 걸 쓰나 싶었는데, 만약 안 썼으면 무척 심심했을 거라는 생각이 들 정도로 아주 근사해 보였어.

송년회였지만 그냥 먹고 마시며 떠들지 않고, 가와바타 야스나리의 《설국》에 대해 이야기하더군. 그런데 다들 독서량이 상당해 보였어. 《설국》의 첫 문장에 관해 얘기하는데, 어떤 친구가 일어 원문을 읽으면서 우리말 번역과 비교하는 거야. '밤의 밑

바닥'이라는 표현에 대해 이야기했던 게 기억나. 또 어떤 친구는 어쩐지 김승옥의 《무진기행》이랑 닮지 않았느냐고 했고, 또 어떤 친구는 소설이라기에는 스토리가 없어서 여행기처럼 읽힌다고도 했지. 그렇게 책 이야기를 마치고 마지막엔 다들 하나씩 준비해 온 선물을 쌓아놓고 사다리를 그려서 선물 교환을 하더군. 연필깎이와 연필 세트, 달력, 머그컵, 와인, 뭐 그런 간단한 선물이었지만 송년 분위기가 확 나더군.

이 이야기를 왜 하느냐고? 영화 〈중경삼림〉에서 양조위가 바에 앉아 있는데, 주인공은 그대로 정지해 있고 뒤에 배경만 휙휙 지나가는 장면 기억나? 그때 내가 그런 기분이었어. 내 눈앞에서 시간이 빠르게 흘러 지나가는 느낌. 뭐랄까, 현재가 지나가버린 그리운 과거처럼 느껴졌다고나 할까. 암튼 그랬어. 에이 결국, 너네 책방에서 책 사 간 젊은이들이 아름다워 보였다는 그런 말 아니냐고? 그래 맞아, 그런 얘기야.

-2015년 12월의 기록 중에서

사실 책방에서 독서모임을 두 개 이상, 각각 1년에 8회 정도 개최하면 도서관 납품 시 인센티브를 받는다. 몇백만 원의 수익을 추가로 얻을 수 있어 결코 무시할 수 없는 조건이고, 모임 자체에도 일정 금액의 운영비를 지원해주어서 안 하는 게 이상할 정도다. 그래서 시행 3년 차인 올해는 기필코 운영해야겠다고 다짐하며 '고전읽기' '현대소설읽기' 두 개 운영 계획을 냈는데 결국 못 하고 말았다. 코로나 때문이라며 위안해보지만, 매년 초 성공적으로 운영해 혜택을 받는 책방 리스트를 발표할 때 보면 다들 참 운영 잘하는 것 같아 부럽다는 생각뿐이다.

사실 사람들은 나이 들어 은퇴하면 대부분 할 일도 없고, 만날 사람도 줄고, 그렇다고 딱히 특별한 취미가 있는 것도 아니어서, 그때부터 각종 모임을 찾기 시작한다. 안 가던 동창회에도 기웃거려보고, 체육센터나 문화센터 수업을 받다가 친구를 사귀어 모임을 만들기도 하고. 종교에 관심 있는 사람은 성당에도 나가고, 하다못해 호수공원에서 장기나 바둑 두는 노인들 사이를 들여다보기도 한다.

그나마 그렇게 마음에 맞는 모임을 찾으면 다행이지만 대부분은 그냥 방구석에서 혼자 TV나 보며 시간을 보내는 수밖에 없다. 나도 그럴 날이 머지않은 것 같아 지금이라도 겸사겸사 독서모임을 만들어 운영하고 싶은 생각이 있지만, 나로서는 성격 탓에 결코 녹록지 않은 일이다.

책방에서 일주일에 한 번씩 뜨개질하는 모임이 열린 적이 있다. 친구로 보이는 50~60대 아주머니 예닐곱 명이 모여 뜨개질하며 잡담을 나누는 모임이었는데, 또래 아주머니들이 지나다니며 그 모습을 보고 많이 부러워했던 기억이 난다. 책방에서 큰 소리로 수다 떠는 거 좋아하지 않지만, 그들이 모임에서 행복해하는 모습을 보고, 나도 저런 모임 하나쯤 하고 싶다는 생각을 했다. 그냥 뜨개질만 하는 게 아니라 한 명씩 돌아가면서 소설책을 읽어주는 걸 추가해서 말이다. 물론, 내가 뜨개질을 못 하는 관계로 그냥 생각만 하다 말았지만, 《건지 감자껍질파이 북클럽》에 나오는 그런 북클럽 정도면, 일단 모임이라면 질색하는 나도 한 번쯤은 참석해보고 싶다.

몽테뉴는 교육에 대해 이야기하면서 다음과 같이 말한다.

"사람들과 대화할 때 침묵과 겸손은 아주 유용한 자질입니다. 또한 아이들이 충분한 능력을 얻고 나서 그 능력을 쓸데없이 함부로 다 써버리기보다 아껴서 절제하도록 가르쳐야 합니다. 자기가 있는 자리에서 쓸데없는 말이나 황당한 이야기가 오가도 참을 수 있게 가르쳐야 합니다. 마음에 들지 않는 건 무엇이든 반박하는 건 무례하고 성가신 일이기 때문에 자기 자신을 바로

-몽테뉴,《수상록》 중에서

내가 이럴 수 있었다면, 지금쯤 꼭 인센티브 때문이 아니어도 몽테뉴 읽는 독서모임 하나쯤은 하고 있었을 텐데. 그놈의 소갈머리가 문제다.

낭독 혹은 낭독회에 대하여

2016년 12월 어느 날의 일이다. 오후 네 시쯤 갑자기 한 여성분이 인적 드문 책방 안으로 들어오더니 커피 한 잔을 시키고는 잠깐 이야기를 나눌 수 있느냐고 묻는다. '무슨 일이지, 피곤한데……' 혹시 귀찮은 일은 아닐까 걱정하며 커피를 뽑아 갖다드리는데, 대뜸 "저는 소설 쓰는 은희경이라고 하는데요"라고 잔잔한 호수에 폭탄을 던졌다.

당시 은희경 작가는 10여 년 전 프랑크푸르트 도서전에 참가한 적이 있는데, 도서관, 교회, 책방, 카페 어디에서나 규모가 크든 작든 가깝게 모여 앉아서, 작가는 낭독하고 독자는 귀를 기울이는 그곳의 낭독 문화에 깊은 인상을 받았다고 하면서 이런 이메일을 보내왔다.

대표님과 상의를 마치고 서점을 나온 뒤 곧바로 제 남편에게 이런 문자를 보냈어요. '사고 쳤음!' 저는 끊임없이 떠오르고 사라지는 공상 탓에 늘 머릿속이 복잡한 사람입니다. 그러나 다행히도 실천력이 없어 그동안 소극적으로 살 수 있었는데, 제가 도대체 왜 이런 일을 저질러버린 것일까요. 소설을 읽는 밤, 소설을 듣는 밤. 버티고 서점에서 12월부터 시작합니다. 88번 버스를 타고 가겠습니다.

두 시간 동안 단편소설 한 편을 전부 읽겠다는 작가의 이야기에 신선한 충격을 받았다. 유명 작가가 작은 책방에서 아무 대가 없이 자기 작품을 그저 처음부터 끝까지 읽겠다는 것. 지금 생각해도 놀라운 결정인데, 약속대로 은희경 작가는 1년 동안 한 번도 낭독회를 거르지 않았고, 매회 빈자리가 거의 없을 정도로 성황을 이루었다.

그리고 그때 처음 알았다. 책을 눈으로 읽는 것과 소리로 듣는 것은 완전히 다르다는 것을. 평소에는 쉽게 지나쳤을 법한 대목이 선명히 그려지는 경우도 있고, 작품에 대한 느낌도 판이했다. 무엇보다 좁은 공간에 촘촘히 모여 앉아 작가의 작은 숨결까지 들을 수 있으니 현장감이 얼마나 크겠는가. 특히 작가가 강조하고 싶은 대목을 짚어주고 이 부분에서 어떤 고민을 했는지 이야기해주니, 작품에 대한 친밀도가 혼자 눈으로 읽을 때와는 비교할 수 없이 컸다. 특히 배수아 작가의 낭독회 때는 사진, 동영상, 음향효과가 어우러져 거의 연극이라고 해도 무방할 정도로 몰입도와 흡인력이 대단해서, 입장료 받고 상시 공연으로 해도 좋겠다는 생각이 들 정도였다.

지금까지 살아오면서 가장 즐거웠던 때를 꼽으라면 주저 없이 대학생 때라고 답하곤 하는데, 그런 대학생 때 하지 못해 가장 아쉬웠던 건 1,000회 넘게 열린 김광석 콘서트를 한 번도 가지 않은 것이다. 지금도 차 안에서 그의 노래를 들을 때면 '대체 왜 그때 공연을 안 간 거지?' 하고 머리를 쥐어뜯으며 자책하곤 하는데, 낭독회도 마찬가지라고 생각한다.

책은 읽고 싶을 때 언제든 다시 읽을 수 있지만, 낭독은 공연처럼 놓치면 다시 들을 수 없다. 아무리 녹화해서 다시 듣는다 해도, 공연실황이 실제 공연의 감동을 고스란히 재현할 수 없듯 그때 그 낭독회 때 받은 감동을 다시 재현할 수는 없다. 2016년 12월부터 시작해서 1년 동안 일산 주택가 작은 미스터 버티고 책방에서 열린 은희경 작가의 낭독회는 딱 한 번 벌어진 다시 돌이킬 수 없는 일종의 역사적 사건이고, 그때 참석했던 사람들의 기억 속에만 존재하는 것이다.

　그런데 책을 눈으로 읽는 것과 귀로 듣는 것의 차이보다 책을 눈으로 읽는 것과 소리 내어 읽는 것의 차이가 훨씬 크다고 생각한다. 이건 단순한 능동과 피동의 차이가 아니다. 작가가 되어 청중 앞에서 낭독을 해본 적도 없으면서 어떻게 아느냐고? 사실 나도 공식적인 자리에서 책을 소리 내어 읽은 적이 있다. 한번은 책방 소개 프로그램에서 김창완 배우(겸 가수)와 함께 이기호 작가의 소설을 번갈아 낭독한 적이 있다. 물론 떨면서 급하게 엉망으로 읽어서 내가 읽은 부분만 통편집되었지만 말이다.

　그때 김창완 배우가 낭독하는 것을 옆에서 들으며 역시 프로는 다르구나 감탄했다. 그렇게 낭독을 못하면서도, 대학 동기가 유튜브에 낭독 채널을 운영하면서 한 달에 백만 원 넘게 광고 수입을 올리고 있다는 소리에 혹해서, '미스터버티고와 신간소설읽기'라는 채널을 만들어 소설책 몇 편을 읽어 올리기도 했다.

　신간 소설 중에 재미있게 읽은 책을 한 편 뽑아, 전체 작품 중에 읽고 싶은 부분을 선별하고, 중간중간 감상을 적은 간단한 시놉시스를 써서 출판사에 보내 낭독해도 되는지 허락을 구하고, 그렇게 허락받은 책을 밤 열 시 책방 문 닫고 집으로 돌아와 주차한 차 안에서 30분씩 낭독했다. 이어폰에 달린 마이크로 아이폰 개러지 밴드 프로그램을 통해 녹화한 다음 오다시티라는 간단한 음악 편집 프로그램을 이용해 잡음을 제거하고, 윈도우 무비메이커로 영상으로 변환하여 유튜브에 올렸다. (참고로 낭독 저작권 관련해서 말하자면, 문학동네는 '낭독 불가', 창비는 '10퍼센트 이내 낭독 허용', 민음사는 '응답 없음'이다.)

지금까지 《알로하, 나의 엄마들》 《노멀 피플》 《세상의 모든 책 미스터리》 등 6편을 읽었는데, 형편없는 목소리와 안 좋은 녹음 상태 탓에 구독자가 고작 90명에 불과하지만, 《내게는 홍시뿐이야》의 김설원 작가한테 고맙다는 댓글을 받은 적도 있고, 근처에서 책방을 운영 중인 김이듬 시인이 가게에 와서 잠자기 전에 한두 번 들었는데 재밌었다고 칭찬해준 적도 있다.

지금은 이러저러한 일로 잠정 중단 상태지만, 언제든 다시 시작하고 싶다. 잘 읽지는 못하지만, 재밌는 소설을 독자들에게 전할 수 있고, 나도 기억에 더 오래 남고, 더 밀도 있게 책을 읽을 수 있고, 무엇보다 혹시 인기라도 얻으면 부가 수입도 기대해볼 수 있으니까 말이다.

사실 지금은 책을 소리 내어 읽는 게 어색하지만, 예전에는 눈으로 읽는 게 더 어색했다.

> 중세에 독서란 음독(音讀)이었다. '읽는다' 함은 보통 '낭독'을,
> 소리 내어 읽음을 의미하였다. 음독은 고대 그리스 로마의 유풍
> 이기도 하였다. 몇 세대에 걸친 구전의 집대성인 호메로스의 서
> 사시는 물론, 로마에서는 새 작품의 발표를 공중 앞에서 낭독
> 하는 것이 관례였으며 그것이 곧 오늘날의 출판에 필적하였다.
> …… 중세에 묵독은 악마의 소행으로 비쳤고, 묵독이 일반화된
> 것은 12, 13세기에 이르러서이다.
>
> -이광주, 《아름다운 지상의 책 한권》 중에서

입 밖으로 소리를 내뱉는 것은 머릿속에 있는 것을 세상에 드러내놓는 행위다. 그것은 없는 것을 있게 하는 것과 같다. 그래서 "맨날 씻으면서 입 밖으로 육성으로 내뱉었거든요. 나는 강해져야 해. 여기서 약해지면 안 돼. 여기서 포기하면 안 돼"라고 하는 광고처럼, 사람들은 입 밖으로 소리를 내어 스스로 다짐을 하기도 한다. 그리고 작가는 입 밖으로 소리 내어 자기 책을 읽음으로써 스스로 창작열을 북돋는 게 아닐까 싶다. 그래서 나는 은희경 작가의 《빛의 과거》가 출간되었을 때 괜히 혼

자 뿌듯해했다. 우리 책방에서 열린 낭독회가 그 소설 완성에 작은 도움을 준 것은 아닐까 멋대로 생각하면서 말이다.

책방을 시끄러운 쇼핑몰에서 조용한 시골로 옮기게 되면 강연회는 몰라도 낭독회는 다시 부활해 운영하고 싶다. 유명 작가만이 아니라 작가 지망생까지 참여할 수 있고, 자기가 쓴 작품뿐만 아니라 자기가 좋아하는 작품도 읽을 수 있게 확대해도 좋을 것 같다. 책을 눈으로 읽는 것과 귀로 듣는 것은 다른 행위이고, 눈으로 읽는 것과 소리 내어 읽는 것 역시 완전히 다른 행위이기 때문이다.

작가에 대하여

사실 내 꿈은 작가였다. 능력은 없는데 노력은 안 하고 심지어 게으르기까지 하며, 무엇보다 자존감은 없으면서 쓸데없이 자존심만 세서, 지금까지 변변한 작품 한 편 쓰지 못했지만 말이다. 등단해서 자기만의 색이 뚜렷한 작품을 여럿 발표한 어엿한 작가가 되겠다는 꿈은 오래전에 접었지만, 50이 넘은 지금까지도 오래전부터 머릿속에 그려오는 이야기 하나만은 죽기 전까지 완성해내고 싶다는 소박한 소망은 여전히 품고 있다.

그런 내게 작가는 그저 꿈같은 존재였다. 주위 사람 중 작가에 가장 근접했던 친구가 신춘문예에 당선되어 활동비 받는 영화 시나리오 작가가 되었다가 끝내 입봉 못 하고 지금은 커피숍 사장이 된 후배다. 똑똑하고, 생각도 깊고, 책도 많이 읽고,

글도 잘 쓰는 친구였는데, 그도 50줄을 바라보는 지금까지 작가가 되지 못했다. 먹고사는 게 쉽지 않은 현실에서 제대로 된 작가가 된다는 건 생각보다 어려운 일이다.

2017년 박생강 작가의 《우리 사우나는 JTBC 안 봐요》를 읽고 작가로 살아남는 게 얼마나 힘든 일인지 새삼 깨닫게 되었다. 이 현실감 넘치는 작품은 신도시 사우나 매니저 이야기인데 작가가 직접 경험해보고 쓴 세계문학상 우수상 당선작이다. 소설 단행본을 다섯 권이나 펴낸 10년 차 작가가 생활고 때문에 1년이나 사우나 매니저로 일했고, 결국 그 이야기를 소설로 써서 신인처럼 문학상에 응모해 우수상에 당선되었다는 이야기를 읽고, 그는 정말 천생 작가구나 감탄하기보다 작가로 밥 벌어먹고 살기가 정말 어렵구나 새삼 절감하게 되었다.

소설을 재미있게 읽고 책방 SNS 계정에 간단한 소개글을 올렸는데, 이를 계기로 모 잡지로부터 원고 청탁을 받고 서평을 게재하기도 했다. 그리고 그 뒤풀이로 잡지 편집장인 유명 작가와 유명 번역가, 의사이자 에세이 작가 이렇게 세 분과 함께 호수공원에 피크닉을 가기도 했는데, 그때가 내가 가장 작가에 근접한 때였고, 세 사람 모두 너무나 유명한 분들이라 그 자리에 내가 끼었다는 것 자체가 정말 있었던 일인지 의심이

들 정도로 지금은 믿기 힘든 추억이 되었다.

"책은 우리 안의 얼어붙은 바다를 깨는 도끼여야 한다"는 카프카의 말에서 영감을 얻어 제목을 정한 정통 문학잡지에, 어줍지 않게 '고독한 미식가' 콘셉트로 되지도 않는 서평을 썼으니, 그 뒤로 청탁이 다시 없는 것은 당연하다. 아니 그 서평이 게재된 것만도 사실 놀라운 일이었다. 마감이 임박해 어쩔 수 없이 실었을 가능성이 높다. 아무튼 그래도 나는 내 서평이 최초로 게재된 잡지 열 권을 아직도 우리 책방 서가에 주르륵 꽂아놓고 간직하고 있다.

작가라고 하면 흔히들 뭔가 좀 비범하고 세속적이지 않고, 예민하고, 예술적인 기질이 다분하고, 기행을 일삼기도 하는 그런 사람으로 여긴다. 가까이에서 보니 실제로 그런 작가들도 꽤 있다. 황석영 작가는 옆에서 이야기를 듣고 있으면 기운을 쫙 빼앗기는 느낌이 들 정도로 흡인력이 엄청났고, 배수아 작가는 겉모습만 봐도 뭔가 보헤미안적이고 예술적인 사람이구나 단번에 느낄 수 있었고, 은희경 작가는 60이 넘은 나이에도 그가 쓴 작품만큼이나 세련미가 넘쳐흐르는 사람이었다. (책으로만 만날 수 있었던 작가들과 직접 만나 가까이에서 이야기를 나누고, 밤새워 술을 마시고, 심지어 피크닉까지 갈 수 있었던 건 모두 내가 책방을 했기 때문이다. 이 점 참 감사하게 생각한다.)

하지만 작가도 사람인지라 먹고사는 문제를 직접 해결해야 한다. 작품 활동만으로 경제적인 문제를 해결할 수 있으면 정말 좋겠지만, 김영하, 정유정 같은 초특급 작가나 요즘 잘나가는 웹소설, 영화, 드라마 작가가 아닌 다음에야 투잡 뛰지 않으면 정말로 어려운 게 현실이다. 그래서 많은 작가가 실제로 직업을 따로 갖고 있다. 하지만 대학교수나 강사, 출판사 편집자나 사장, 변호사, 기자, 판사, 의사 등 글쓰기와 직접적인 관계가 있거나 직업적 경험이 글쓰기의 바탕이 되는 직업을 제외하면, 글 쓸 시간을 확보할 수 있으면서 안정적인 수입까지 얻을 수 있는 직업은 공무원 정도를 제외하면 거의 없다고 봐도 무방하다. 그만큼 글 쓰면서 먹고살 수 있는 직업 갖기가 쉽지 않다.

한번은 유명 시인이 운영하는 출판사의 편집 시집으로 낭독회를 연 적이 있다. 선배 시인의 부탁으로 전도유망한 젊은 시인도 몇 명 자리를 함께해서 각자 시를 낭독했는데, 시에서 자꾸 오타가 나오는 거다. 시니까 처음에는 이게 오타인지 아닌지 의심스럽기도 했지만, 너무 자주 나와서 도저히 그냥 듣고 있을 수 없을 정도였다. 청중도 조금씩 웅성거리기 시작했고, 계속해서 오타가 나올 때마다 낭독회를 주최한 입장에서 너무나 당혹스러웠다. 물론 자리에 참석한 시인들과 청중의 암묵적인 양해로 비교적 무사히 넘어갈 수 있었지만, 당시에는 어떻게 이런 책을 출간할 수 있지 하고 출판사 대표를 원망하기도 했다. 하지만 지금은 이조차 이해가 된다. 작가로 먹고살기가 그만큼 힘든 일이라는 걸 잘 알기 때문이다. (그래도 너무하셨어요, 대표님.)

먹고사는 일이 가장 중요해진 후기 자본주의사회에서 돈은 작가에게도 떼려야 뗄 수 없는 필수 요소가 되었다. 그러다 보니 돈과 관련해 작가를 크게 네 부류로 나눌 수 있을 것 같다. 첫째, 자기만의 작품세계로 인기 얻어 돈까지 버는 작가, 둘째, 작품보다는 인기를 좇는 작가, 셋째, 다른 직업으로 돈을 벌면서 자기만의 작품세계를 찾으려는 작가, 넷째, 별다른 직업 없이 돈에 쪼들리면서도 자기만의 작품세계를 고집하는 약간은 괴팍하고 반사회적인 작가.

몽테뉴에 따르면, 플라톤 시대에 학자의 이미지는 보통 이상의 존재들이고, 평범한 행동을 경멸하고, 일반적으로 사용하지 않는 어떤 고매한 담론을 추구하면서 괴팍하고 아무나 흉내낼 수 없는 방식으로 살아가는 사람들이었는데, 당대의 이미지는 보통 이하의 존재들이며, 평범한 일조차 감당 못 하고, 천박한 사람들을 좇아 비참한 밑바닥 생활을 하면서 반사회적 삶에 이끌리는 존재로 바뀌었다고 한다. 몽테뉴는 이런 현상에 대해 학자들이 선함이나 좋음과 같은 미덕에는 신경 쓰지 않고 오로지 돈이 되는 지식을 남보다 많이 아는 것에만 신경 썼기 때문이라고 하면서, '누가 더 많이 아는가?'라고 물을 게 아니라 '누가 더 잘 아는가?'라고 물어야 한다고 말했다.

누가 더 잘 버는가보다 누가 더 많이 버는가를 중요하게 여기는 사회다. ('잘 버는 게 많이 버는 것 아닌가?' 하고 의아해할지도 모르겠다. 이미 둘을 같은 의미로 쓰는 사회가 되어버렸다. 하지만 잘 번다는 건 많이 번다는 게 아니라 제대로 번다는 뜻이다. 글을 잘 쓴다는 게 많이 쓴다는 뜻이 아니라 좋은 글을 쓴다는 의미인 것처럼.) 그렇다 보니 요즘은 작가가 되고 싶어 하는 사람도 많이 줄었다. 하지만 글을 잘 쓰고 싶어 하는 사람은 여전히 줄지 않았다. 글쓰기 관련 서적이 그렇게 많이 나오는 걸 보면 알 수 있다. 나역시 이제 작가의 꿈은 접었지만, 좋은 작품을 단 한 편이라도 좋으니 완성하고 죽고 싶다.

왜 그럴까? 잘은 모르겠지만, 글을 쓴다는 것에는 어쩐지 뭔가 세속적이지 않은, 오래전 우리 조상들이 그랬듯이, 뭔가

숭고하고 고결한 어떤 것을 좇는 의미가 아직까지 남아 있어서 그런 게 아닐까, 하고 혼자 생각해본다. 그나저나 작가들이 돈 걱정 없이 좋은 작품 많이 쓸 수 있게, '전 국민 기본소득제'가 힘들면 '예술인 기본소득제'만이라도 빨리 시행되면 정말 좋겠다.

쇼핑몰에서
책방을 하는 것에 대하여

8월 중순을 향해 가고 있다. 오늘 아침 바람은 제법 차가워져서 꽤 상쾌한 느낌으로 잠에서 깼다. 불과 엊그제까지만 해도 창문 다 열고 윗옷 다 벗고 자는데도 몸이 땀으로 끈적끈적해져서 불쾌한 느낌에 잠을 설쳤는데 말이다. 폭염 특보가 10여 일째 계속되고 있고, 오늘도 한낮에는 32도까지 기온이 치솟았지만, 입추가 지나니 날씨가 조금 달라진 걸 느낀 하루다.

주택가 1층에서 쇼핑몰 지하로 책방을 옮긴 뒤 느낀 아쉬운 점 중 하나는 그런 날씨, 시간, 계절의 흐름을 알아차리기 힘들다는 것이다. 주택가에 책방 차리고 가장 좋았던 건 물론 한가롭게 책을 읽는 것이었지만, 그다음으로 좋았던 건 시간과 날씨의 변화를 오롯이 느끼고 즐길 수 있게 되었다는 것이다.

회사 다닐 때는 사는 게 바빠서 하루가 어떻게 가는지도 몰랐는데, 책방을 연 뒤로는 석양이 지는 것을 바라보게 되었고, 창문을 두들기는 빗소리를 듣게 되었고, 검은 어둠이 내려앉는 모습을 지켜보게 되었다.

가게 앞 헐벗은 은행나무 가지 위로 봄비가 내리면 어느새 파란 나뭇잎이 가지 휘어지도록 무성해지고, 뜨거운 뙤약볕이 며칠 내리쬐면 가지마다 매미가 들어앉아 귀청 떨어지게 울어대다가, 그 소리가 귀에 익을 때쯤 부채 모양 나뭇잎이 샛노랗게 물들다가, 어느 순간 작정이라도 한 듯 일제히 땅으로 우수수 떨어져 내리고, 그 무수한 낙엽 위로 가을비가 추적추적 내리면 땅에 납작 눌어붙어 사라지기를 완강히 거부하다가, 그 위로 몇 차례 흰 눈이 쌓이다 녹으면 어느새 모두 자취를 감추고 앙상한 나뭇가지만 남아 매서운 찬바람에 몸을 떤다. 그러다 문득 남쪽 어딘가에서 온풍이 불어오면 또다시 슬금슬금 파란 새싹이 고개를 내밀며 제법 지루해 보일 것 같은 일을 계속 반복하게 되는데, 주택가 책방에서는 이런 계절의 흐름을 하루에도 몇 번씩 느낄 수 있어 좋았고, 내가 정말 살고 있고 늙어가고 있음을 제대로 실감할 수 있었다.

그때는 그렇게 자연과 가깝게 있으니 우리와 다른 친구들이 책방을 자주 찾아오기도 했다. 가게 전등 아래 처음 거미줄이 쳐졌을 때는 장사 잘 안돼서 이러나 빗자루로 없애버리기 바빴지만, 녀석들이 책방 안으로 들어오는 해충을 막아준다는 생각에 언제부턴가 내버려두었고, 한나절 만에 멋진 집을 뚝딱 뚝딱 지어대는 녀석들의 부지런한 모습을 꽤 오랫동안 지켜본 적도 있다.

그런가 하면 오후 세 시까지 책을 보며 목 빠지게 첫 손님이 오기를 기다리다 인기척에 놀라 고개를 들어보니, 까치 한 마리가 마치 주문이라도 하려는 듯 카운터 앞에 앉아 고개를 까닥이는 모습에 헛웃음을 지은 적도 있다.

또 테이블에 앉아 있던 고객이 하얗게 질린 얼굴로 카운터에 다가와 "벌 좀 잡아주세요" 해서 가보니 집게손가락만 한 커다란 말벌이 돌아다니고 있었던 적도 있다. 어떻게든 녀석을 잡으려다 북유럽소설 책장 속으로 도망가버려 그냥 책으로 쌓아 막아버리고 잊었다가, 3개월 뒤 한겨울에 또 벌을 잡아달라는 요청을 받고 비실거리는 말벌을 휴지로 쉽게 잡으며 이 겨울에 무슨 벌이 있지 의아해하면서, 엊그제 《벌집을 발로 찬 소녀》가 한 권 판매됐는데, 혹시 하는 마음에 북유럽소설 책장에서 조심스레 책을 치우고 찾아봤더니 지난가을 가둔 말벌이 없어져서, 혹시 이 녀석이 그 녀석일까, 하고 놀라기도 했다.

하지만 쇼핑몰 지하로 이사 온 뒤로 그런 즐거움은 거의 느낄 수 없게 되었다. 물론 장점도 있다. 더 이상 낙엽을 쓸지 않아도 되었고, 말벌이 날아들어 책장 속에 숨었다 나와 윙윙거리며 손님들 놀라게 하지 않을까 걱정하지 않아도 되었고, 장마철 습기에 책이 울 걱정도 안 하게 되었고, 하루에 한 번씩 서가와 책 표지를 먼지떨이로 털어내지 않아도 되었고, 수다쟁이 진상 고객한테 붙들려 다음 손님 올 때까지 지루한 이야기 반복해서 들어야 하는 고충도 없어졌다. 분명 몸은 더 편해졌지만 어쩐지 마음은 더 외로워진 것 같다.

쇼핑몰에 입점한 뒤로 장사가 잘되는 날도 바뀌었다. 예전 주택가에 있을 때는 날씨 좋을 때 손님이 많았지만, 지금은 나쁠 때 손님이 많다. 1년 중에 날씨가 가장 좋은 5월과 9월에 손님이 적고, 30도가 넘는 폭염이 계속되는 7월 말부터 8월 중순, 영하 10도 넘게 강추위가 계속되는 12월에서 1월까지 손님이 많다. 화창한 토요일보다 비 오는 토요일이 손님이 많고, 아침부터 날이 흐리면 손님이 많지만, 아침에 날씨 좋다가 오후부터 비가 오면 손님이 적다.

그런 면에서 보면 책방이 쇼핑몰 지하에 있는 게 앞으로 더 유리할지 모른다는 생각도 해봤다. 지구온난화로 폭염, 가뭄,

혹한 등 극한 기후 발생 빈도가 급격히 증가하고 있고, 그러다 보니 자연스럽게 자연으로부터 멀어져 실내 생활이 늘고 있다. 아파트 지하주차장에서 빌딩 지하주차장으로 출퇴근하고, 주말이면 대형쇼핑몰 지하주차장에 차를 대고 쇼핑을 즐기다 지하주차장에서 차를 타고 집으로 돌아가는 삶이 일상이 되어가고 있으니 말이다.

예전 회사 다닐 때 난생처음 도쿄에 출장 간 적이 있다. 줄곧 고층 빌딩과 지하 쇼핑몰 사이만 오가니 하늘을 거의 볼 수 없어 답답하다고 느꼈는데, 요즘 우리의 삶도 크게 다르지 않은 것 같다. 옷 젖고, 추위에 떨고, 황사에 시달릴 일 없어졌지만, 어쩐지 그게 꼭 좋지만은 않은 것 같다.

물론 쇼핑몰에도 사람은 산다. 이곳 벨라시타 쇼핑몰에는 유독 사람 좋은 이웃이 많다. 자주 바뀌긴 하지만 담당 직원들은 다들 착하고, 1층 안경점은 내가 지금까지 가본 곳 중 가장 정직한 안경점이고, 지하 1층 김밥집, 백반집, 퀴즈노스 사장님들 모두 인상 좋은 분들이고, 1층 속옷가게 주인도 우리 집처럼 쌍둥이를 키우는데, 일가족이 모두 나와 가게 문 닫을 때까지 기다렸다 함께 가는 단란한 가정이다. 쇼핑몰 운영사 측도 코로나 터진 2020년 2월부터 두 달 동안 임대료를 반으로 알아서 깎아주었고, 2층 이전을 제안했을 때는 나가라는 건가 걱정도 했지만, 약속한 대로 큰돈 들여서 카운터 앞에 멋진 공용 테이블을 마련해주고 공용 공간도 많이 사용하게 해주었다. 모두 고맙고 감사한 일이다.

어디고 사람 사는 거 똑같고, 고개 조금만 돌리면 다들 나와 다르지 않은 착한 사람들이다. 하지만 그래도 어쩐지 자연과 멀어진 지금 예전과 달리 조금은 갑갑하고 외로운 기분이 드는 건 어쩔 수 없는 일이다.

"나는 예컨대 소나기가 내릴 때, 이끼가 내려앉은 오래된 담장 위로 물이 똑똑 떨어지는 것을 볼 때, 바람이, 비의 미세한 떨림과 뒤섞여 윙윙대는 소리를 들을 때 기쁨을 맛본다. 밤에 들리는 이 쓸쓸한 소리들은 나를 달콤하고 깊은 잠으로 빠져들게 한다."

-알랭 코르뱅 외, 《날씨의 맛》 중에서

그럴 수만 있다면, 다시 한 번 더 이런 즐거움을 느끼며 살고 싶다.

코로나 시대에
책방을 하는 것에 대하여

일주일에 월, 금 이틀은 오후에 아르바이트생한테 책방을 맡기고, 아이들을 유치원에서 데려와 저녁을 먹이고 재운다. 양가 할머니들이 번갈아 하원을 맡는 화, 수, 목 3일은 온종일 가게를 보느라 아침에 한 시간 얼굴 보는 게 전부여서, 가급적 이틀 동안은 아이들과 놀아주려고 노력하지만, 집에 오면 간식 주고 TV 틀어주고, 나는 저녁 준비하기 바쁘다.

오늘은 한 녀석이 아이스크림 먹으며 유튜브로 BJ가 놀이 공원에 가는 장면을 보면서 주방에 있는 내게 "아빠, 이때는 코로나가 없었나 봐?" 하고 묻는다.

코로나가 닥친 지 어느덧 3년째로 접어든 지금, 아이들에게 코로나는 일상이 되었다. 길 가다가 마스크 안 쓴 사람을 보면, "아빠, 저 사람 마스크 안 썼어. 저러면 안 되는데" 하고, 캠핑 가서 텐트 밖에 나갈 때도 마스크부터 찾는다. 3년 전 뽀로로 테마파크에 데려간 적이 있는데, 한 녀석이 그때 일을 기억해내고는, "우리 뽀로로 집에도 갔었는데, 아빠, 거기 다시 가자, 응?" 하고 물으니, 또 한 녀석이 "코로나 땜에 안 돼. 그치, 아빠?"라고 한다.

조금이라도 더 많이 다니면서, 새로운 거 보고 느끼고 경험할 나이인데 그러지 못해 안타깝다. 박물관도, 놀이공원도, 동물원도, 야구장도, 워터파크도, 강원랜드(?)도 마음 놓고 데려가지 못하고 있다. 코로나 끝나고 가면 된다고 할지 모르겠지만, 적어도 우리 아이들의 네 살과 다섯 살은 코로나로 인해 거의 지워지다시피 했다는 건 분명한 사실이다.

그리고 그건 몇 해 전 아버지 돌아가시고 혼자 된 뒤로, 그동안 못 배운 한을 풀겠다고 중학교에 입학해서 공부를 시작하신 여든 넘으신 어머니도 마찬가지다. 친구들과 친척들한테 책가방과 연필, 공책 등을 선물 받고 새로 시작할 학교 생활에 한껏 들뜨셨지만, 코로나로 2년 동안 제대로 학교에 가지 못하고 집에서 과제물 공부하는 것으로 만족하셔야 했다.

시간은 누구에게나 똑같이 흐르지 않는다. 한창 자라는 아이들, 남은 날이 얼마 남지 않은 노인들에게 코로나는 인생의 일정 기간을 지워버린 안타까운 사건이다.

시간이 누구에게나 똑같이 흐르지 않듯 코로나도 모두에게 같은 영향을 끼치지 않는다. 누구에게는 그저 마스크 쓰는 불편함과 사람 못 만나는 아쉬움에 그치겠지만, 누구에게는 스스로 목숨을 끊는 원인이 되기도 한다.

얼마 전, 잘나갈 때는 식당을 네 개나 운영하며 기부도 하고 직원들 처우도 잘해주던 마음씨 좋은 호프집 사장이 결국 원룸에서 자살했다는 뉴스가 전해져서 많은 사람을 안타깝게 했다. 나도 안타까웠다. 그리고 그게 남 일이 아니라는 걸 코로나 시대에 절실히 깨닫는다. 책방도 자영업이니 당연한 일이다.

국내 코로나 환자가 막 발생하기 시작한 2020년 1월 30일, 10번과 11번 환자가 쇼핑몰 지하 1층에 있는 미용실에 다녀갔다는 게 밝혀지면서 직격탄을 맞아 책방 매출이 바로 반토막이 났다. 그나마 팬데믹 초기인 2월과 3월은 임대료 감면 혜택을 받아 무사히 넘길 수 있었고, 5월은 전 국민 재난지원금 지급으로 잠시 원래 매출을 회복하기도 했지만, 수입이 갈수록 줄어 9월에는 아르바이트를 한 명 내보내고도 내 인건비는커녕 백만 원 가까이 적자를 봤다. 일주일에 50시간 넘게 일했는데 통장의 돈이 백만 원 마이너스가 되니 눈앞이 아찔했다.

하지만 그때 때마침 쇼핑몰 MD 조정으로 부득이하게 사람 많은 지하에서 한적한 2층으로 책방을 옮기게 되었고, 다행히 전용 면적 축소로 임대료 하한선이 줄어, 매출은 많이 줄었지만 적자 안 보고 근근이 버틸 수 있게 되어 나로서는 천만다행이다. 아니, 오히려 방역대책으로 커피숍 내에서 음료 섭취를 금지했을 때는 책방 바로 밖에서 음료를 마시고 들어와 책방 안 테이블을 이용할 수 있어서, 카공족이 몰려 잠깐 때아닌 특수를 누리기도 했다. 그렇게 도서 구매 고객은 반도 넘게 줄었지만, 그나마 커피 고객이 늘어 겨우 버티는 중이다.

사실 지금도 4인 이상 집합 금지 등 강력한 거리두기 조치가 시행 중이지만 우리 책방은 다른 커피숍이나 음식점처럼 직접적인 영향을 받지는 않는다. 손님들 대부분이 혼자 오거나 많아야 두 명이고, 좌석도 서가 사이사이 띄엄띄엄 있어 밀집도가 다른 매장에 비해 낮은 편이기 때문이다.

나 역시 코로나 때문에 별로 불편을 느끼지 않는다. 원래부터 사람들 많은 데 가는 거 싫어했고, 정기적으로 나가는 동창회나 모임이 있는 것도 아니고, 어울려 술 마시고 놀러 다닐 친구도 거의 없기 때문이다. 코로나 이전부터 책방에서 일하거나 집에서 아이들 돌보는 거 외에 다른 시간을 가진 적이 거의 없기에 개인적으로 크게 불편한 건 없다. 굳이 따지자면 마스크 쓰는 것 정도인데 그마저도 이젠 익숙해졌다. 여름에 땀 차는 게 불편하지만 코털 나오는 거 신경 안 써도 되고, 수염 안 깎아도 되고, 입 냄새 걱정 안 해도 돼서 오히려 편하다. 결정적으로 남한테 민낯을 보이지 않고 마스크 속에 감정을 숨길 수 있는 것 같아 어쩐지 안정감이 들기도 한다.

14세기 흑사병으로 황폐해진 피렌체를 떠난 한 무리의 남녀가 열흘 동안 속되고 불경스러운 이야기 100편을 주고받는 보카치오의 《데카메론》이 2020년 3월 코로나로 격리된 도시에서 갑자기 많이 팔리는 것을 보고 영감을 얻어, 동시대 작가들에게 코로나를 배경으로 한 29편의 소설을 받아 펴낸 《데카메론 프로젝트》에서 리브카 갈첸은 이렇게 말한다.

"어려운 시기에 소설을 읽는 것은 그 시기를 이해하는 방식이자 그 시기를 끈기 있게 버텨내는 방식이기도 하다."

-마거릿 애트우드 외, 《데카메론 프로젝트》 중에서

흑사병으로 인구의 3분의 1이 죽은 상황에서도 보카치오는 기발하고 재미있는 이야기를 통해 삶을 긍정하는 낙관적 세계관을 제시했다. 지금 우리에게도 그런 낙관주의가 필요한 때다. 언제가 되었든 우리는 반드시 코로나를 극복할 것이고, 일상은 회복될 것이며, 삶은 지속할 것이기 때문이다. 그러니 그때까지 버텨야 한다. 책방도 삶도 존버해야 하는 것이다.

물론 걱정은 있다. 곤두박질쳤던 주가는 코로나 이전으로 다시 돌아왔지만, 사람과 사람 사이의 거리가 거리두기 이전만큼 다시 가까워질 수 있을까 걱정이다. 어디를 가든, 누구를 만나든, 1미터 간격을 유지하려고 애쓴다. 식당에 가서도 아이들이 남의 식탁에 가깝게 다가갈 때마다 놀라서 팔부터 붙들곤 한다. 사람을 두려워하지 않고 모르는 사람과 어깨를 스쳐도 이상하게 느껴지지 않는 때가 다시 올 수 있을까 걱정이다.

조해진 작가는 이렇게 말한다.

"내가 숨을 내쉬며 쓴 이 소설들에 당신이 숨을 불어넣어준다면 어떤 이야기가 비로소 완성되지 않을까, 소설집을 준비하며 그렇게 생각하곤 했다. 내 경험으로는 대체할 수 없는 그 다양한 이야기가 어딘가에서 다시 나를 기다리고 있다면 좋겠다. 어둠을 직시하면서도 결국엔 환해지는 그런 이야기가……. 간절히, 그런 꿈을 꾸고 싶다. 숨을 나누어줄 미지의 당신에게 마지막

남은 감사의 마음을 진심을 다해 전한다."

-조해진,《환한 숨》작가의 말 중에서

마스크를 벗고 서로의 따스하고 환한 숨을 전하게 되는 날,
우리는 비로소 코로나에서 자유로워질 것이다. 하루빨리 그날
이 오기를 고대한다.

파는 일에 대하여

나는 기본적으로 우울한 성격이다. 결혼하고 애들 키우면서 많이 줄긴 했지만 성향 자체가 어두운 편이다. 고독과 우울을 즐기고, 밝고 환한 사람보다 어둡고 우울한 사람한테 끌린다. 언제부터 그랬을까? 아무래도 만화와 누나와 중2병 때문이 아닌가 싶다. 어려서부터 동네 만화방에서 《공포의 외인구단》 《고독한 기타맨》 같은 만화를 즐겨 보다 그렇게 됐고, 사춘기를 먼저 앓은 두 살 위 누나의 영향을 알게 모르게 받아서 그런 게 아닐까 싶고, 무엇보다 중2병을 앓고 난 뒤로 눈에 띄게 두드러졌다.

중2 때 무슨 일이 있었던 걸까? 난생처음 짝사랑을 했다. 내가 우울한 성격인 건 가난한 집안, 무뚝뚝한 아버지, 화목하지 않은 가정 탓이라고 생각했지만, 그게 아니라 어쩌면 그저 짝

사랑하는 여자애한테 뭔가 좀 특별해 보이고 싶어서 그런 척한 거 아니었을까?

사실 초등학생 때 동네 야구 연습장에서 아버지와 함께 자주 야구방망이도 휘둘렀고, 영화관과 야구장에도 아버지와 함께 갔고, 르망 자동차를 처음 산 아버지가 한동안 차로 학교에 데려다준 기억도 난다. 지금 돌이켜보면 평범하기 그지없는 아이가 짝사랑하는 소녀의 눈에 띄고 싶어서, 남들과 다르게 보이고 싶어서, 그런 게 멋져 보인다고 착각해서, 우울의 길을 걷기 시작한 게 화근이 되어 지금까지 이 꼴이 된 게 아닐까 싶다. (우리 애들 중2 때는 절대로 조심해야겠다.)

성격이 이렇다 보니 사회성도 떨어진다. 스스로 바꾸려는 노력도 안 하고, 다른 사람 생각은 요만큼도 하지 않으니, 오래 사귄 친구도 거의 없고, 동네 아는 사람도 없고, 직업상 만나 가까워진 사람 한 명 없는 게 당연하다. 참석하는 동창회나 직장 OB 모임도 없고, 그렇다고 종교가 있는 것도 아니다. 그런데도 장사를 하고 있으니 나도 참 대책 없다.

성격도 우울하고 사회성도 떨어지는데 인상까지 안 좋다. 고3 때 진학 상담하러 갔는데 별로 친하지도 않던 나이 많은 담임이 안경 벗고 찍은 내 수험표 사진을 보며 탈북자 같다고 놀려댄 적도 있고, 오랜 백수 생활 끝에 누나의 도움과 몇 번의 우연이 겹쳐 겨우 입사하게 된 회사에서, 평소 직원들 사진 찍는 취미를 즐기던 사장님이 회의실에 난입해 회의 중인 내 모습을 찍은 사진을 돌려주며, "이게 어디 회사원이야? 투사라면 모를까?"라고 놀려댄 적도 있다. 또 책방을 하겠다고 했을 때 지인들은 한결같이 '그 몰골, 그 인상으로?'라고 되묻는 표정을 지으며 말렸으며, 몇 년 전 서점을 열고 싶은데 조언을 듣고 싶다며 찾아온 인상 좋은 자동차 딜러인 어떤 아저씨는 "사장인 줄 몰랐어요. 사장치고는 인상이 너무 어두워서요"라고 했을 정도다. (요즘은 다행히 마스크를 써서 그런지 인상 안 좋다고 하는 손님이 없다.)

부부싸움하고 나서 아내가 울면 토닥이고 안아주며 은근슬쩍 풀어야 하는데, 남의 감정 헤아리기는커녕 자기 감정 다스리기 바빠 혼자 삐쳐서 먼저 화해한 적이 한 번도 없는 속 좁은 좀생이가 자기 감정을 속이고 아무리 힘든 일이 있어도 밝고 환한 미소로 고객을 응대해야 하는 감정노동자인 판매원을 하고 있으니, 와이프는 얼마나 불쌍하며, 장사는 제대로 되겠는가? 안타까울 따름이다.

안면 근육도 성격처럼 발달이 덜 됐는지 미소도 제대로 못

짓는다. 옛날 대리 때 매장 직원들과 함께 서비스 교육을 받은 적이 있는데, 서비스 강사가 "미소를 지어보세요. 치즈. 저기 대리님? 미소 지으라고 했더니, 왜 어금니를 악물어요?" 한 적도 있고, 결혼식 사진, 애들 백일사진 모두 못생긴 누런 뻐드렁니 드러내고 얼굴 찡그린 사진들뿐이다.

게다가 날마다 샤워해도 몸에서 냄새나는 50대 중년 아저씨가 되었다. 담배는 몇 년 전 가격이 큰 폭으로 오른 뒤 끊어서 그나마 다행이지만, 아침에 깨어 아이들 품에 안을 때마다 "아빠, 냄새나"라는 소리 듣고, 엊그제는 휴일에 놀아주지도 못하고 출근해서 미안한 마음에 소파에 앉아 TV 보는 녀석들 한 번씩 안으며 "아빠 볼에 뽀뽀" 했더니, 한 녀석이 마지못해 겨우 뽀뽀해주고는 "에이" 하며 자기 입술을 닦았다. (그래 봐야 소용 없어. 니들 잘 때 들어가서 살짝 오므린 포동포동한 손에 손가락 넣어서 잡게 하고, 볼에 뽀뽀도 하고, 코로 부비부비도 하거든?)

그나마 파는 게 책이어서 다행이다. 젊었을 때 대학원 겨우 졸업하고 취직 안 돼 오랜 백수 생활 끝에 결국 보험회사에 들어가 보험을 판 적이 있는데, 대기업 다니는 대학 동기 찾아가서 보험 하나 들어달라고 했을 때, 친구가 가장 비싼 보험 들어주며, "현훈아, 진심으로 충고하는데, 남한테 부탁할 때는 당당하게 해. 그래야 부탁도 더 들어주고 혹시 거절당해도 덜 창피하거든" 하는 말을 들은 적이 있다. 또 그 뒤로 제약회사 영업사원이 되어 두세 달 동안 차이밍량 감독의 〈애정만세〉에서 납골당을 판매하는 남자 주인공처럼 와이셔츠 차림에 스쿠터를 타고 강북의 미아, 수유 일대 약국을 한 군데도 빠짐없이 들른 적이 있는데, 한번은 늙은 약사가 약은 안 사주고, "자넨 영업사원 자세가 안 되어 있어. 허리 세우고! 어깨 펴고! 그래, 그렇게 당당하게 다녀"라고 하는데, 나도 모르게 약사 말에 따라 허리 세우고 어깨 펴다 나와서, 모멸감에 그만 어느 집 현관 앞에 쭈그리고 앉아 담배 피우며 끅끅 운 적도 있다. 물론 두 가지 일 모두 몇 달 안 가 그만두었다.

요즘은 판매가 점점 기계로 대체되고 무인으로 바뀌고 있다. 음식점 주문이 셀프 계산대에서 진행되고, 무인점포로 운영하는 아이스크림 전문점과 편의점이 늘고 있다. 얼마 전 대형 쇼핑몰에 갔을 때는 로봇 팔이 분주히 움직이며 커피를 뽑는 무인 커피 판매 부스를 발견하고 신기해하기도 했다. 이런 변화가 판매와는 거리가 먼 성격인 나로서는 한편으로 다행스럽기도 하다. 우리 매장도 언젠가는 무인으로 운영할 수 있고, 머지않은 미래에 가즈오 이시구로의 《클라라와 태양》에 나오는 에이에프 같은 안드로이드 로봇을 직원으로 두고, 이런 대화도 나눌 날이 오지 않을까?

"사장님, 요즘 매상이 많이 떨어져서 걱정이네요. 아무래도 제 추천 시스템 새로 업그레이드해야 할 거 같아요. 새로 할까요?" "얼마라고 했지? 안 돼. 그 정도면 한 달 매상이야. 아무래도 내가 신간을 좀 훑어봐야겠다. 아직 너 산 카드값 할부도 안 끝났는데 신간 체크를 내가 해야 하다니 원. 아무래도 너네 회사에 클레임 좀 제기해야겠다." (이때까지 과연 내가 책방을 할 수 있을까?)

그런데 현실은 이 모양이다. 오늘 아침 아이들 밥 먹이는데 한 녀석이 밥을 입에 물고 하세월이다. 속이 터져서 "암냠냠! 암냠냠! 너 그렇게 입에 밥 오래 물고 있으면 충치 생겨서 치과 가서 주사 맞아야 해. 잇몸에 주사 맞으면 얼마나 아픈지 알아? 그니까 빨리 씹어 삼켜. 어서!" 했더니, 두 녀석 모두 슬금슬금 내 눈치를 살피며, "아빠 화났어?" 묻는다.

"아냐, 아냐. 아빠 화 안 났어. 씨이이이이익!"

"거봐, 화났잖아!"

책밥 먹게 된 이유에 대하여

"의사나 경찰관이 되는 것은 하나의 진로 결정이지만, 작가가 되는 것은 다르다. 그것은 선택하는 것이라기보다 선택되는 것이다. 글 쓰는 것 말고는 어떤 일도 자기한테 어울리지 않는다는 사실을 받아들이면, 평생 동안 멀고도 험한 길을 걸어갈 각오를 해야 한다."

-폴 오스터, 《빵굽는 타자기》 중에서

문지혁 작가의 자전적 소설인 《초급 한국어》에 나오는 주인공은 군대에서 첫사랑으로부터 위와 같은 폴 오스터의 《빵굽는 타자기》 한 대목이 필사된 편지를 받고 감동받아 작가가 되었다고 하면서, 만약 그때 첫사랑이 "부모에게 치명적인 상처를 주고 싶은데 게이가 될 배짱이 없다면 예술을 하는 게 좋다. 이건 농담이 아니다"라고 한 커트 보니것의 말을 적어주었다면 작가의 길 따위 걷지 않았을 거라고 한다.

나는 작가가 아니고 책방 주인이며, 그 길이 작가의 길보다 훨씬 덜 힘들고 덜 어려운 길이지만(소설가보다 책방 주인이 월 수입이 더 많다) 요즘처럼 책 팔아 먹고살기 힘들 때면(이렇게까지 될 거라고 예상하고 한 건 아니었겠지만) 나를 책의 길로 안내한 누나가 원망스럽고, 커트와 같이 신랄한 조언을 하는 누군가가 내게 있었더라면, 나도 책밥 따위 먹지 않고 다른 길 갈 수 있었을 텐데 아쉬워하기도 한다.

사실 나는 충무로에서 인쇄소를 하시던 아버지가 대금 대신 받아온 한국문학전집에는 손도 대지 않던, 책과 거리가 먼 지극히 평범한 학생이었는데, 중학생 때 누나가 다 읽으면 빵빠레 사준다며 동네 헌책방으로 끌고 가 사준 헤밍웨이의 《킬리만자로의 눈》이라는 소설을 순전히 빵빠레 먹겠다는 일념으로 읽고 나서부터 본격적으로 책에 흥미를 갖기 시작했다.

그 뒤로 남들 입시 공부할 때 만화, 소설, 시집 뒤적거리다 작가가 되겠다는 꿈을 갖게 되었고, 작가가 되기 위해서는 쓰는 기술보다 쓸 내용을 배우는 게 나을 것 같아 국문과 대신 철학과에 들어갔는데(사실은 성적이 안 되어 고른 차선책에 불과했지만) 작가보다 철학자가 더 맞겠다는 생각에 방향을 바꿔 철없이 대학원 진학했다가, 연애 실패와 학계의 높은 벽을 실감하고 좌절해 오랜 기간 백수로 지내다가, 누나의 소개로 2000년 1월 골드북이라는 서점에 알바로 들어가서면서 본격적으로 책밥을 먹기 시작했다.

당시는 김대중 정부의 IT 벤처기업 육성정책에 힘입어 수많은 업체가 골드러시와 같은 이른바 인터넷 러시에 뛰어든 때였다. 특히 시애틀에서 인터넷 서적 판매를 시작해 지금은 전 세계적 공룡기업이 된 아마존을 롤모델로 삼은 인터넷 서점이 국내에도 우후죽순 생겨나던 때였다. 지금까지 살아남은 YES24, 알라딘을 비롯해 이제는 역사 속으로 사라진 북파크, 모닝365, 와우북, 리브로, 반디북 등 수많은 업체가 너도나도 인터넷 판매를 시작했고, 나도 그런 회사 중 하나에서 사회생활을 시작했다.

처음 맡은 일은 서평 쓰기였다. 지금은 대부분 출판사 보도자료 짜깁기해서 채우고 있지만 그때는 알바 채용해 서평을 직접 써서 올렸다. 알바생들이 매장에서 뽑아 온 책을 책상 위에 수북이 쌓아놓고 하루에 이삼십 권씩, 다섯 줄에서 일곱 줄 정도 되는 분량으로 서평을 쓰면, 전문 교정교열자가 일일이 교정을 봐서 웹사이트에 게시했다. 웹에 게시하는 서점 서평에 교정교열이라니? 믿지 못하겠지만 사실이다.

그런 혼란한 시기라서 그랬을까? 어쨌든 알바 한 달 만에 정사원이 되었고, 사원이 된 지 1년 만에 회사는 당시 업계 1위 와우북에 인수 합병되었다. 그 뒤로 새로운 회사에서 기획과 마케팅 일을 담당하면서, 대학가를 돌며 모나미 볼펜과 함께 쿠폰을 배포해보기도 하고, 난생처음 스토리보드를 작성하며 웹사이트 기획이라는 것도 해보고, SI 개발업체와 밤새워 회의도 해보고, 심지어는 강성 노조를 와해할 목적으로 만든 노사 협의회 대표를 자의 반 타의 반 맡기도 했다. 가장 활기차게 일하던 직장인 시절이었다.

벤처 투자 자금을 유치해서 그 돈으로 책을 대량으로 싸게 사서 다른 서점보다 10원이라도 더 싸게 파는 게 경쟁력이던 시절, 창고 이전 때 해리포터 책을 5톤 트럭으로 몇 대씩이나 옮긴 일도 있었고, 부록 위주인 패션잡지가 사무실 하나를 바닥부터 천장까지 전부 채운 적도 있었고, 교재를 싣고 지방으로 가는 트럭을 멈춰 세우고 트럭째 교재를 매입한 적도 있었다. (아, 물론 내가 다니던 회사가 한 일이다.) 급기야 업계 최초 50 퍼센트 할인 이벤트도 진행했는데, 과도한 할인판매 때문이었는지 자금난에 시달리던 회사는 결국 경쟁업체인 YES24에 합병되고, 나는 오프라인 중심의 서울문고 인터넷 팀장으로 이직하게 된다. 말이 팀장이지 전체 직원이 배송하는 알바 포함해도 여덟 명이 채 되지 않는 작은 조직이어서 혼자 서평도 쓰고, 고객 게시판에 글도 남기고, 알라딘보다 먼저 중고책 서비스도 기획해서 오픈하기도 하고, 뭐 그런저런 일을 했다.

아저씨들 군대에서 축구하는 이야기 같은, 사무실에서 담배 피우던 시절 이야기(실제로 처음 서평 알바로 들어갔던 회사 편집팀은 사무실 안이 담배 연기로 자욱했다)는 이제 그만하자. 어쨌든 차츰 회사 일에 지쳐가다 출판인회의에서 주관하는 출판 강좌를 하나 듣고 덜컥 회사를 그만둔 뒤, 그동안 모아둔 돈 조금과 아버지가 마련해준 전셋집을 빼 일산 오피스텔 월세로 옮겨 마련한 자금 5천만 원으로 1인 문학 전문 출판사 버티고를 창업했다.

적은 돈에 한 푼이라도 아껴볼 요량으로 저작권 말소된 문학책 위주로, 직접 리라이팅도 해가면서 《엄중히 감시받는 열차》《시체도둑》《펄프》《설운 서른》《샨타람》 다섯 권을 냈지만, 서른을 주제로 한 시 모음집 《설운 서른》을 제외하고는(이건 그나마 후배가 편집해서 성공한 케이스다) 그야말로 폭망했다.

몽테뉴는《수상록》에서 "가장 정직하고 정의로운 쪽을 따르는 것이 가장 확실한 길이라고 생각한다. 빠른 길을 알 수 없을 때 항상 똑바른 길로 가야 하듯이 말이다"라고 했다. 여기서 '똑바른(right)'은 '직진'이라는 뜻과 '바른'이라는 뜻의 중의적 표현이다. 곧게 가야 빨리 갈 수 있는데, 되지도 않는 편법과 꼼수를 부리니 잘될 리가 없다.

그러면서 앞을 보는 눈은 눈곱만큼도 없어서, 예전 직장에서 일 안 한다고 쫓아낸 콜센터 직원은 G마켓 밴더가 되어 큰돈을 벌었고, 출판사 망하고 다시 들어간 서울문고에서 경쟁사 쓰레기 뒤져가며 자체 물류 시스템을 함께 구축했던 후배는 물류 전문 벤처회사를 설립해 직원 여덟 명을 둔 CEO가 되었지만, 나는 그 흔한 부장 직함조차 한 번 못 달고 차장으로 퇴직해 지금은 아무도 기억하지 않는 작은 동네책방 주인 A가 되고 말았다.

지금도 매입한 책 한 권이라도 더 들여다보고, 책 위에 쌓인 먼지 털고, 서가도 닦으면서 어떻게든 책방 잘 꾸릴 생각은 안 하고, 애들 재우고 밤늦게까지 게임하다(《레드 데드 리뎀션》 재밌다) 잠이 부족해 졸린 눈 비비며 능력도 안 되는데 몽테뉴 책이나 리라이팅하고 있으니 나도 참 대책 없다.

폴 오스터는 작가가 되는 건 선택하는 게 아니라 선택받는 거라고 했다. 내가 책밥을 먹게 된 것도 선택했다기보다 선택받은 게 아닐까 생각한다. 이 저주(?) 같은 선택을 받게 되어 때로 힘겨울 때도 있지만, 그래도 책밥 한 번 먹은 사람은 다른 밥 잘 못 먹는다는 업계 격언대로, 아직까지는 꾸역꾸역 책밥을 먹고 있다. 앞으로도 계속 책밥을 먹기 위해서는 한눈팔지 말고 곧은길이 가장 빠른 길이라고 생각하면서 뚜벅뚜벅 성실히 바른길을 걸어가야겠다. 게임은 이제 그만하고, 쫌!

띠지 혹은
글씨 쓰기에 대하여

책방을 열고 얼마 지나지 않을 무렵, "재미있게 본 책 추천 좀 해주세요"라는 고객 요청을 하루에 두 번이나 받은 날이었다. 가만히 생각해보니 책방을 찾는 고객 중에 그렇게 요청하는 고객보다, 추천은 받고 싶지만 용기를 내지 못해 그냥 구경만 하다 돌아가는 고객이 훨씬 더 많지 않을까, 하는 생각이 들었다. (사실 내가 그렇다. 싸구려 티셔츠 한 벌 사러 가서 "어떤 게 더 어울리나요?" 하고 시원스럽게 묻지를 못한다.) 그래서 말로 해줄 간단한 추천 문구를 글로 써서 책에 붙여놓으면 그런 고객들한테 도움이 되겠다 싶어서 띠지 서비스를 시작했고, 한때는 방송에도 나오는 등 나름 유명세를 타기도 했다.

사실 책에 띠지를 두르는 것은 책을 만드는 입장에서도 파는 입장에서도 별로 달갑지 않은 일이다. 만드는 입장에서는 노력과 비용이 추가로 들고, 파는 입장에서는 관리하기 까다롭다. 손상도 잘되지만, 손님 중에는 띠지가 찢어졌다고 할인이나 반품을 요구하는 사람도 있기 때문이다. 요즘엔 띠지 없는 책이 없어서, 없으면 오히려 아랫도리 안 입힌 것처럼 뭔가 허전한 느낌이 드는 것도 사실이지만, 다들 해서 이젠 더 이상 고객의 주목을 끌지도 못하는데, 남들 하니까 나도 어쩔 수 없이 하는 귀찮은 일이 되어버린 게 아닌가 싶다. 그런데 여기다 또 책방에서 만든 띠지라니, 처음에는 괜한 짓 하는 거 아닌가 싶었지만, 생각보다 고객 호응이 괜찮아서 지금까지 유지하고 있다.

띠지는 멋지거나 어렵거나 자극적인 문구보다, '이 책 이런 면에서 재미있게 봤어요'라는 식의 쉽고 단순한 문구로 쓰는 것을 나름의 원칙으로 삼았다. 첫 번째로 띠지를 두른 책은 이기호 소설가의 《웬만해선 아무렇지 않다》였는데, 이 소설에 두른 띠지 문구는 '따뜻한 봄날의 햇살 같은 단편 소설집. 이런 소설이면 정말로 잘 팔려야 한다'였다. 한국소설이 유난히 안 나가던 때였는데, 그 책만큼은 잘 팔고 싶다는 소망을 담은 문구였다. 《떠오르는 아시아에서 더럽게 부자 되는 법》에는 '아마존이 선정한 2015년 가장 좋은 소설이라는데, 아마존의 판단을 믿을 수 있게 하는 작품'이라는 띠지를 써 붙였다. 그러자 어 떤 고객이 "아마존보다 버티고 아저씨 추천이니까 믿고 사요" 라고 하기도 했다.

그런가 하면 《마션》에는 '싸움 잘하는 게 아니라 수학 잘하 는 사람도 멋지다는 걸 보여주는 소설', 《라일락 붉게 피던 집》 에는 '방문 고객께 세 번 추천해서 모두 성공했다. 40대에게는 향수까지 자극하는 한국 추리소설의 새로운 보석', 《스토너》에 는 '평생 조교수에 그친, 하지만 누구보다 아름답게 살았던 한 남자의 쓸쓸하고 고독한 일대기', 《자기 개발의 정석》에는 '이 렇게 낄낄거렸던 적이 없다. 소설 속 클라이맥스가 사실인지 몹시 궁금해지는, 40대 남성한테는 최고로 웃긴 소설', 《안녕 주정뱅이》에는 '영화 〈라스베가스를 떠나며〉가 생각나는, 나처 럼 술 좋아하는 사람한테는 더할 나위 없는 소설', 《82년생 김 지영》에는 '이건 그냥 80년생 우리 와이프 이야기다. 순식간에 읽고 와이프한테 잘해야겠다고 생각했다'라고 썼다.

어째 써놓고 보니 죄다 옛날 소설이다. 최근 소설 몇 편 소 개하자면, 《홍학의 자리》는 '이런 반전 또 없습니다', 《대불호텔 의 유령》에는 '액자식 구조만 아니었다면 최고였는데……', 《밤 의 여행자들》에는 '좋은 소설은 언제든 빛을 발하게 되어 있다.

그 평범한 사실을 또 깨닫게 하는 소설', 《스페인 여자의 딸》에는 '오랜만에 그야말로 손에 땀을 쥐었다. 현재 베네수엘라 참상을 생생히 체험할 수 있는, 영화 〈엘 시크레토〉가 연상되는 소설'이라고 써 붙였다.

예전엔 좋아하는 고객도 많고 띠지를 따로 챙겨달라는 고객도 드문드문 있어서 나름 신경도 많이 썼지만, 쇼핑몰 지하로 이사한 뒤로는 지나가다 손가락질하며 비웃고 가는 고객도 몇 번 봤고, 또 많은 책방에서 예쁜 색종이에 멋진 손글씨로 써 붙인 것을 인스타그램을 통해 보고 나니 점점 의욕을 잃어가고 있다. 사실 나도 처음에는 손글씨로 써 붙여보기도 했는데, 악필까지는 아니지만 POP를 쓸 만한 솜씨도 아니라서 오히려 책에 못생긴 옷을 입힌 꼴이 되어 걷어치우고, 궁리 끝에 A4 용지에 두툼한 검은색 궁서체로 인쇄해 두르는 것으로 정착하게 되었다.

사실 나도 어렸을 때는 나름 글씨를 잘 쓰는 편에 속했다. 할아버지가 마을에서 훈장 선생 하다가 서울로 올라와 대서소를 차리기도 했고, 충무로에서 인쇄소 운영하시던 아버지도 집에서 TV 볼 때, 앉아서는 허벅지에, 누워서는 허공에 손가락으로 한자 쓰는 습관을 갖고 있을 정도로 글씨 쓰는 데 정성을 들였고 또 잘 쓰셨다. 그런 피를 이어받아서인지 누나와 나도 어려서부터 종종 종이에 글씨를 써서 아버지한테 보여주며 누가 더 잘 썼는지 칭찬해달라고 경쟁을 벌이기도 했다.

그래도 고등학생 때까지는 '깜지'라고, 공부한 증거로 연습장을 글씨로 가득 채워 제출하는 숙제를 해야 하는 등 비교적 글씨 쓸 일이 많았지만, 리포트를 컴퓨터로 쳐서 프린트해 제출하기 시작한 대학생 때부터는 글씨 쓰는 일이 급격히 줄어들었고, 스마트폰이 보급된 뒤로는 메모조차 하지 않게 되었다. 갈수록 쓸 일이 줄어드니 더 못 쓰게 된 건 당연한 일이다. 물론 요즘도 글씨를 아주 잘 써서 캘리그래프로 고소득을 올리는 사람이 있긴 하지만 대부분은 나와 사정이 다르지 않을 것이다. 연필이나 볼펜을 빌려달라고 하는 손님이 심심치 않게 있는데, 이젠 가방에 볼펜 한 자루 안 갖고 다니는 일이 당연하게 되었고, 그래도 전혀 불편하지 않기 때문이다.

하지만 손으로 쓴 글씨가 누군가에게는 큰 의미가 되기도 한다. 몇 개월 전 한 할머니가 찾아와 가방에서 오래된 수첩 하나를 꺼내 내밀며, 죽은 남편이 수첩에 적은 시와 그림인데 이걸 스캔해서 책으로 출판하고 싶다고 도와달라고 하는 것이다. 슬쩍 들여다보니 보기 드문 달필이다. 이젠 출판 안 한 지 오래

되어 도와드릴 수 없다고 돌려보내면서도, 죽은 남편을 기리며 그가 직접 손으로 쓴 글을 세상에 남기고 싶어 하는 할머니의 애틋함이 느껴져 살짝 가슴이 먹먹해진 적이 있다.

그렇게 내용이 형식보다 중요하지만 때로 형식이 내용을 지배할 때도 있다. 아직도 원고지에 연필로 꾹꾹 눌러 소설을 쓰는 김훈 작가는 《연필로 쓰기》에서 "연필은 내 밥벌이의 도구다. 글자는 나의 실핏줄이다. 연필을 쥐고 글을 쓸 때 나는 내 연필이 구석기 사내의 주먹도끼, 대장장이의 망치, 뱃사공의 노를 닮기를 바란다. 지우개 가루가 책상 위에 눈처럼 쌓이면 내 하루는 다 지나갔다"라고 했는데, 활자로 인쇄된 것보다 그가 직접 손으로 쓴 글씨가 더 느낌이 좋았다. 그래서 출판사도 소제목을 그의 손글씨로 인쇄한 것이겠지.

그리고 어제는 아이들이 안방 화장대에서 놀다가 연애 시절부터 지금까지 아내와 내가 주고받은 편지를 모아놓은 종이가방을 바닥에 쏟는 바람에 그걸 정리하며 보는데 '이때는 이랬구나' '그때는 그랬구나' 하며 들춰보는 재미가 있었다. 만약 손으로 쓴 게 아니라 프린터로 인쇄한 거였다면 그만큼 재미가 있었을까?

몇 해 전 아버지가 췌장암으로 돌아가셨는데, 돌아가시기 몇 개월 전부터는 수술 후유증으로 거동을 못 하고 침대에 누워 똥오줌도 못 가릴 정도였는데, 그런데도 손을 들어 허공에 뭔가를 쓰는 동작은 잊지 않고 계속 하셨다. 이젠 너무 무뎌져 그게 뭔가를 쓰는 동작 같아 보이지도 않았지만, 나는 어쩐지 그 동작이 삶의 끈을 놓지 않으려는 아버지의 의지로 읽혀 볼 때마다 한편으로 안도하기도 했다. 그런데 돌아가시기 두어 달 전 휠체어를 타고 은행에 가서 서류에 사인을 하게 되었는데, 팔에 힘이 너무 없어 당신 이름 석 자도 또렷이 쓰지 못하시는 거였다. 형 자의 'ㅇ' 받침이 잘 안되어 두 번이나 그리며 애를 쓰셨고, 뒤에서 어머니는 "그렇게 잘 쓰던 글씬데……"라며 안타까워하셨다.

손으로 글씨를 쓰는 행위는 정신이 육체를 조절하는 행위다. 정신과 육체 둘 다 온전해야만 제대로 글씨를 쓸 수 있는 것이다. 내 정신과 육체가 모두 온전한지 확인한다는 차원에서라도 이제부터는 일부러 종이에 글씨 쓰는 일을 잊지 말고 해야겠다고 다짐하며, 아버지가 수술하시기 전 마지막으로 달필로 써서 건네준 유서를 다시 한 번 찾아봐야겠다는 생각을 했다.

술 파는 책방에 대하여

"와, 여기 술도 팔아."

메뉴판을 보고 이런 감탄사를 내뱉는 고객이 심심치 않게 있다. 옛날 어떤 50대 남자 고객은 술 파는 책방인지 모르고 몰래 가져온 맥주를 마시다 걸린 적도 있다. 책방에 그와 나 둘만 있는데 갑자기 따각! 캔맥주 따는 소리가 들리는 게 아닌가? 놀라서 가보니, 사내가 맥주를 가방에 숨겨놓고 한 모금씩 마시는 것이다. "손님, 죄송한데 여기 맥주도 팔거든요?" 했더니, 놀라며 "앗! 몰랐어요. 그, 그럼 생맥주 한 잔 주세요"라며 겸연쩍어했다.

책방을 열면서 술도 팔기로 결정한 건 일본의 술 파는 책방이나 상암동 북바이북을 보고 따라 한 것이기도 하지만, 무엇보다 내가 술을 좋아했기 때문이다. 나는 언제부터 술을 좋아했을까?

고2 때 중학교 동창들과 만리포 해수욕장으로 놀러 간 적이 있는데, 한 녀석이 사 온 시원한 OB 병맥주를 학생이 무슨 술이냐며 뜨거운 백사장에 쏟아버린 기억이 난다. 그때 맞아 죽지 않은 걸 보면 당시 친구들이 나를 참 많이 아껴주었구나 싶다.

재수하고 두 번째 학력고사 치른 날, 살던 신림동 연립주택 옥상에 몰래 올라가 동네슈퍼에서 사 온 병맥주를 생전 처음 혼자 나발 불고 취해서 옥상 난간에 한쪽 발을 올려놓고 떨어져 죽을까 5초쯤 생각하다 내려온 기억도 난다. 그래, 아마 그때부터 술을 좋아하게 된 것 같다. 대학생 때 매술동(매일 술먹는 동아리)이니, "나는 주사파다. 술 주 자, 주사파!" 하고 놀던 기억이 나는 걸 보면, 그때도 웬만큼 술을 마신 것 같은데, 하지만 역시 본격적으로 술을 좋아하기 시작한 건 혼자 마시는 걸 즐기게 되면서부터다.

그전까지는 단순히 좋아하는 친구들과 즐거운 시간을 보낸다는 의미가 강했다면, 혼자 게임 하면서, 영화 보면서, 음악 들으면서, 책 보면서, 맥주 홀짝이기 시작하면서부터 본격적으로 중독의 길로 접어든 게 아닌가 싶다. 작년 12월 고혈압 진단받기 전까지 거의 날마다 맥주를 1.6리터 한 팩 이상 마셨으니 그 전까지 몸에 탈이 안 난 게 신기할 따름이다.

　그러나 무엇보다 내가 술 파는 책방을 하게 된 결정적인 이유는 작가와 술은 떼려야 뗄 수 없는 관계라고 생각해서다. 이백은 만취해서 물에 뜬 달을 안으려다 강에 빠져 익사했고,《찰리와 초콜릿 공장》의 로알드 달은 열렬한 와인 수집가였으며, 보들레르는 아편굴이나 대마 모임에서 다른 의식 상태에 빠져 있지 않을 때면 기본적으로 늘 와인을 마시고 취해 있었다고 한다. 이외에도 헤밍웨이, 피츠제럴드, 찰스 부코스키, 마르그리트 뒤라스, 잭 런던 등은 작가로서의 명성 못지않게 술꾼으로도 유명했다.

　하지만 내가 술 파는 책방을 하기로 한 건 단순히 많은 작가가 술꾼이었다는 이유에 그치지 않는다. 상당한 작가가 술을 마시며 글을 쓰거나 교정을 보는 등 술이 그들의 작품세계에 직접적인 영향을 미쳤기 때문에, 그런 글을 읽을 때 맥주 두어 잔의 취기가 그들의 작품을 이해하는 데 도움이 된다고 생각했기 때문이다. 피터 드 브리스는《뢰벤 뢰벤》에서 "때로 나는 술에 취해 글을 쓰고 술에서 깨어나 수정한다. 때로는 맨 정신일 때 글을 쓰고 술에 취해 수정한다. 하지만 창작을 하려면 두 요소를 모두 지니고 있어야 한다"고 했고, 《연인》을 술에 취한 채로 썼던 마르그리트 뒤라스는 1991년 〈뉴욕타임스〉에서 "잠들려고 레드 와인을 마셔요. 매시간 와인을 한 잔 마시고, 아침엔 커피를 마신 다음 코냑을 마시죠. 그런 다음에 글을 써요. 돌아보면 내가 어떻게 글을 썼는지 참 놀라워요"라고 했다고 한다.(《알코올과 작가들》)

찰스 부코스키는 글을 쓰기에 이상적인 환경에 대한 질문에 "밤 열 시와 새벽 두 시 사이죠. 와인 한 병, 담배, 클래식 음악이 흐르는 라디오. 저는 매주 두세 번 밤에 글을 씁니다"라고 했고, 카슨 매컬러스는 셰리 와인과 뜨거운 차를 섞은 음료를 눈에 띄지 않게 보온병에 담아 타자기 앞에서 일하는 내내 마셨다고 하고, 스티븐 킹은 〈라이터스 다이제스트〉에서 "술에 취해 글을 쓰는 걸 좋아합니다. 그렇게 글을 쓸 때 딱히 문제가 되는 건 전혀 없습니다. 대마를 피우거나 환각제를 복용하면 싸구려 글조차 쓰지 못했지만요"라고 했고, 킹슬리 에이미스는 〈파리 리뷰〉와 한 인터뷰에서 "적당량의 술과 여유로운 작업 속도는 제게 소중합니다. 적어도 저는 그렇게 생각합니다. 그런 게 없이 더 나은 글을 쓸 수도 있었겠죠. 하지만 그 둘이 없었다면 제가 글을 훨씬 덜 썼을 거라는 것도 맞는 말일 겁니다"라고 말했다고 한다.

"문명은 증류와 함께 시작한다"고 말했던 윌리엄 포크너는 "내가 일을 할 때 필요한 도구는 펜, 종이, 음식, 담배, 그리고 약간의 위스키뿐이다"라고 했고, 피츠제럴드는 술이 창작 과정에 활력을 불어넣는다고 믿었는데, "술을 마시면 감정이 무르익는다. 나는 술을 마시고 고조된 감정을 이야기에 넣는다. 맨정신일 때 내가 쓴 이야기는 멍청하기 짝이 없다"고 했고, 퍼트리샤 하이스미스는 일기에서 "술은 다시 한 번 진실, 천진난만함, 원초적인 감정을 볼 수 있도록 해준다"고 말했다고 한다.

그런 이유로 책방에서 술을 팔기로 했는데, 사실 그렇게 할 수 있었던 구체적인 이유는 원래 호프집이었던 곳에 책방을 열었기 때문이다. 우리나라에서는 일반음식점과 서점을 같은 장소에서 할 수 없다. 일반음식점은 신고하면 실사를 나오는데, 허가를 받으려면 서점과 출입구도 달라야 하고, 공간도 명확히 구분되어야 하고, 살균기도 갖춰야 하는 등 몇 가지 지켜야 할 조건이 있다. 지금은 많이 완화되었지만 당시만 해도 새로 신고해서 허가받기가 녹록지 않은 일이었는데, 다행히 그전 가게 주인과 함께 구청에 가서 영업자 지위승계를 해서 일반음식점 허가를 쉽게 얻었고, 거기에 서점업을 추가하는 것으로 해결해서 비교적 손쉽게 술 파는 서점을 할 수 있었다.

그렇게 책방에서 맥주를 팔게 되었는데, 처음에는 맥주 마신 손님이 술 취한 김에 책을 마구 사 가지 않을까 하는 그런 꼼수가 숨어 있었던 것도 사실이다. 술 취해서 그 비싼 술값을 마구 긁을 때도 있는데, 그깟 책 몇 권 술기운에 쉽게 사 가지 않을까 기대했지만 지금까지 별 재미를 보지는 못했다. 술 취해 들어와서 깽판 놓는 술꾼은 몇 명 있었지만.

2016년 우리나라 주류(酒類)문학의 선봉 권여선 작가의 소설집 《안녕 주정뱅이》가 출간되었다. 인생의 비극을 견디는 주정뱅이들에게 건네는 쓸쓸한 인사가 일곱 편의 단편으로 실린 이 소설집을 정말 재미있게 읽고, 작가의 강연회도 책방에서 열었다. 작가는 "만국의 주정뱅이여 단결하라! 소설가 권여선과 함께"라는 슬로건을 내걸었고, 당연히 강연회는 술자리로 바뀌어 책방에서 새벽 두 시 넘어서까지 계속되었다. 그날 나는 난생처음 작가와 함께 술을 마셨고, 지금 돌아보면 그런 시절이 정말 있었나 믿기 힘든 추억이 되었다.

《망할 놈의 나라 압수르디스탄》의 작가 게리 슈타인가르트는 이렇게 말했다고 한다.

"요새는 작가로 살기 참 힘들어요. 인간미 따윈 없죠. 작가라는 게 얼마나 무미건조한 직업인가요. 아마존 순위는 도무지 모를 수 없을 정도잖아요. …… 같이 술 마실 사람이 참 적어요. 여기 문인 사회는 저를 지지하지 않죠. 저는 늘 혼자니까요. …… 마음속에서 제가 사는 세상은 여전히 F. 스콧 피츠제럴드, 헤밍웨이, 도스토옙스키가 사는 세상입니다. 밤새 술을 마시거나 주저하지 않고 모험에 나서는 그런 세상 말이죠. 하지만 그런 세상은 더 이상 존재하지 않아요."

-그렉 클라크, 몬티 보챔프, 《알코올과 작가들》 중에서

지나친 음주는 건강에 해롭지만, 고혈압 진단받고 맥주 한 병 마음 놓고 마시지 못하는 처지가 되고 보니 그 시절 낭만이 그립다. 미스터버티고 책방에서 술을 팔기로 했던 건 어쩌면 고등학생이 《부의 추월차선》 같은 책을 사는 게 아무렇지 않은 세상에서 사람들에게 옛 시절의 낭만을 즐기게 해주고 싶었기 때문인지도 모르겠다.

진열에 대하여

　오늘 사면 오늘 보내주고 거기다 15퍼센트 상당의 할인도 해주는 온라인 서점이 있고, 산더미같이 쌓인 수많은 책을 편안히 앉아 직접 보고 깨끗한 새 책으로 골라 살 수 있는 대형서점도 있고, 새 책이나 다름없는 최신간 베스트셀러를 싸게 살 수 있는 대형 중고서점도 있는데, 동네책방이 대체 왜 필요할까? 찾아가기도 힘들고, 책도 별로 없고, 주차도 힘든데……. '바로 책의 다양성 때문이다'라고 나는 생각한다.

　사람의 취향은 다양하다. 책도 그만큼 다양하게 출판된다. 물론 책을 정말 다양하게 출판하려면 최소한 초판 3천 부는 소진할 수 있는 환경이 되어야 하고, 그러려면 통일이 되어 한국어를 하는 인구가 1억쯤 되어야 한다는 말도 일리 있다고 생각하지만, 기본적으로 책은 같은 책이 한 권밖에 없는 다종다양한 상품이다. 그렇기에 다양한 책이 다양한 사람의 눈에 띄어야 하지만, 대형 온오프라인 서점이 시장을 장악한 현실은 그렇지 않다. 큰돈을 들여 광고를 할 수 있는 극히 일부 출판사의 책만 고객의 눈에 띄는 영광을 차지한다. 그럴 수 없는 책은 감별력 뛰어난 독자의 손길만 기대할 뿐이다. 그렇게 어려운 길을 뚫고 베스트셀러가 되는 경우도 물론 있지만, 대부분은 매대 위에서 환한 얼굴 드러내놓고 눕지 못하고, 벽서가에 몸 붙이고 서서 먼지 먹으며 칼잠 자다 쓸쓸히 반품되고 만다.

동네책방은 그런 도서 유통의 획일성에 찬물을 끼얹는 한 줄기 햇살 같은 존재다. 동네책방 천 개가 있다는 건, 천 명의 주인이 천 권의 각기 다른 책을 골라 가장 좋은 자리에 편안하고 쾌적하게 표지가 보이도록 진열해놓고 사람들의 손길을 기다린다는 의미다. 그렇기 때문에 많은 출판사가 별로 판매도 신통치 않은 동네책방에 각종 이벤트를 제안하면서 홍보에 열을 올리는 것이다. (물론 동네책방은 현금 주고 책을 구매하기 때문이기도 하지만.) 동네책방 주인 역시 책방의 정체성은 결국 진열해놓은 책의 종류와 무관하지 않기 때문에 끊임없이 자기 콘셉트에 맞는 양질의 책을 찾아 다양한 방식으로 진열하려고 노력한다. 나 역시 그렇다.

처음 책방을 열 때 미스터버티고는 소설을 작가별로 또 나라별로 진열한 문학 전문 책방이었고, 대형서점의 소설 코너를 종수에서도 능가하는 것이 목표였다. 대부분의 대형서점은 1년 동안 판매되지 않으면 아무리 중요한 작가의 소설이라도 반품하기 때문에, 취향에 안 맞는 무협소설, 라이트노벨, 로맨스소설을 빼면, 20~30평 크기에서도 충분히 경쟁이 가능할 것 같았다.

그리고 하퍼 리나 마거릿 미첼 같은 특수한 경우를 빼고는 대부분의 소설가가 많은 작품을 쓰기 때문에, 작가별로 작품을 모아서 진열하겠다는 생각 역시 나쁘지 않았다. 교보문고가 대형서점 최초로 작가별 진열을 했기에 나름대로 검증된 진열 방식이기도 했다. 그리고 작가들은 대부분 자기가 태어난 나라의 정서나 같은 언어권 사람들의 정서를 반영하고 있으니 나라별 언어별로 작가를 구분하겠다는 것 역시 모든 책을 나라별로 진열하는 영국의 돈트서점을 벤치마킹한 것이기에 나름 합리적인 선택이었다고 생각한다.

실제로 초창기에는 분야 구분도 없애고 모든 책을 나라별 작가별로 진열했고, 그런 차별화된 진열방식 때문에 눈에 안 띄던 책들이 눈에 들어온다며 좋아하는 고객도 많았다. 어쨌거나 시도 자체는 나쁘지 않았다고 생각한다. 물론 결과는 신통치 않았지만.

새로운 방식을 좋아하는 사람들도 있지만, 사실 대부분의 손님은 혼란스러워했다. "경제 코너가 어디예요?" "요리책은 어딨죠?" "에세이 따로 모아놓은 곳 없나요?" 묻기 일쑤였다. 또 한 작가의 책을 가능하면 전부 갖춰놓겠다는 원대한 포부는 개업 초기에는 히가시노 게이고 소설을 전부 구비해놓는 등 나름 실천하기도 했지만, 유난히 대표작 중심으로만 판매되는 국내 소비 현실 때문에 이내 포기하고 말았다.

사실 한 작가가 평생 써낸 작품이 전부 똑같이 좋을 수는 없지만, 그렇다고 대표작 하나만 좋고 나머지는 그에 훨씬 못 미치는 것도 아니다. 경우에 따라서는 대표작보다 다른 작품이 훨씬 좋은 경우도 많다. 예를 들어 무라카미 하루키는 50살 넘어서 쓴 《상실의 시대》가 대표작이고 대부분 장편소설 위주로 썼지만, 나는 그의 《바람의 노래를 들어라》나 〈헛간을 태우다〉 같은 초기 단편이나 경장편을 더 좋아한다. 하지만 우리나라의 현실은 조지 오웰은 《동물농장》, 헤밍웨이는 《노인과 바다》, 다자이 오사무는 《인간 실격》, 헤르만 헤세는 《데미안》, 밀란 쿤데라는 《참을 수 없는 존재의 가벼움》만 나간다. 심지어 작가의 다른 책을 전부 합해도 대표작 한 권보다 판매량이 적은 경우도 많다. 아무래도 책이 좋아서 읽기보다 의무로 읽는 경우가 많기 때문이 아닌가 싶다. 고전도 시험에 나오는 책 위주로만 판매되고, 시험에 나오지 않는 책은 거의 거들떠도 안 보는 현실에서 한 작가의 책을 여러 권 구비해놓는 건 결국 무의미한 시도가 되고 말았다.

가장 결정적인 건 이제 소설이 잘 안 팔린다는 거다. 소설을 많이 읽는 20~30대는 스마트폰, 게임, 영화, 넷플릭스, 만화 등으로 떠나가버렸고, 소설보다 에세이, 인문도서를 많이 읽는 40~50대가 도서 구매의 주된 고객층이 되다 보니, 우리 책방 매출이 고전을 면치 못하는 거다. 거기다 손님들이 와서 찾으니까 어쩔 수 없이 자수책도 갖다 놓고, 컬러링책도 갖다 놓고, 건강, 종교책도 조금씩 갖다놓다 보니, 대형서점 소설 코너를 능가하겠다는 꿈은 물 건너가고, 대형서점 베스트셀러 코너보다 못한 서점이 되고 말았다.

사실 나는 기본적으로 마이너한 정서를 갖고 있다. 책 사러 서점 가면 사람들 많이 찾는 베스트셀러 코너는 얼씬도 안 하고 구석 벽서가부터 들르곤 했고, 예전에 골목마다 있던 비디오 가게에 영화 빌리러 갔을 때도, 유명 감독의 신작보다 구석에서 먼지 먹고 있는 같은 감독의 오래된 작품을 더 많이 찾곤 했다. 그런 사람이 고객들 많이 찾는다고 위즈덤하우스, 김영사, 시공사, 비즈니스북스, RHK 등 밝은 기운 뿜뿜 내뿜는 출판사 책을 찔끔찔끔 갖다놓고 팔고 있으니 잘될 턱이 있겠나? 그래도 책방을 시끄러운 지하 1층에서 한적한 2층으로 옮긴 뒤로는 조금 더 내 취향에 맞는 책 위주로 구비해놓고는 있지만. (그렇다고 이 양반아, 《문화과학 및 사회과학의 논리와 방법론》 《유명한 철학자들의 생애와 사상》 《존재자와 본질》 같은 책을 버젓이 평대 한복판에 깔아놓으면 어쩌자는 거냐?)

영화 〈라스베가스를 떠나며〉에서 알코올중독자 주인공이 길거리 여자한테 반지를 빼앗기면서 이런 독백을 한다. "아내가 떠나서 술을 마시게 된 건지, 술을 마셔서 아내가 떠난 건지 이제는 생각도 나지 않는다." 마찬가지로 좋은 자리에 진열해서 잘 팔리는 건지, 잘 팔려서 좋은 자리에 진열되는 건지, 나로서는 알 수 없다. 둘 다 맞을 수도 있고, 또 둘 다 틀릴 수도 있다. 좋은 책을 한가운데 떡하니 진열해도 안 팔릴 때가 있고, 구석진 곳에 숨겨진 좋은 책이 느닷없이 많이 팔릴 때도 있다. 그러니 사람들이 많이 찾는 책을 파는 것보다, 숨겨진 좋은 책, 재미있는 책을 찾아서 고객한테 알리고 소개하는 게 더 중요한 일이라는 걸 잊지 말아야 한다. 좋은 소설 판매하는 서점 이야기인 소설 《오 봉 로망》에 이런 말이 나온다.

> "위대한 소설만큼 은혜로운 것이 있을까. 그런 소설들은 마법을 부린다. 우리를 살게 한다. 우리를 가르친다. 그런 소설들을 옹호하고 끊임없이 알려야 할 필요가 생겼다. 뛰어난 작품들이 알아서 빛을 발하고 저절로 독자를 얻는다고 생각한다면 착각이다. 우리에게 다른 야망은 없다."
>
> -로랑스 코세, 《오 봉 로망》 중에서

중고책에 대하여

영화 〈중경삼림〉에서 실연당한 주인공 금성무는 밤의 편의점 계단에 앉아, "언제부터 시작됐는지 모르지만 어느 물건이든 기한이 있다. 정어리도 기한이 있고, 미트 소스에도 있고, 심지어 랩조차 기한이 있다. 난 의문이 들기 시작했다. 세상에 유통기한이 없는 건 정말로 없는 걸까?"라고 독백하면서, 그 유명한 "사랑에 유통기한이 있다면 나는 만 년으로 하고 싶다"는 대사를 남긴다. 하지만 책에는 유통기한이 없다.

현대에 나온 다른 모든 책의 직계 조상이라고 할 수 있는 세인트 커스버트 복음서는 만들어진 지 천 년이 넘었고, 우리나라에 현존하는 가장 오래된 종이 자료인 세계 최초의 목판 인쇄본 《무구정광대다라니경》은 751년에 만들어진 것이다. 지나친 비유라고? 그럼 이건 어떤가. 2006년 내가 처음 출간한

《엄중히 감시받는 열차》는 15년이 지났는데도 초판 물량이 여전히 새 책으로 유통되고 있으며, 1995년 대학원 시절 학과 사무실에 원서 팔러 온 보따리 서적상한테 구입한 하버드판 플라톤 전집 무단 카피본도 26년이 지났지만 내지는 지금도 거의 새 책이나 다름없다. 이렇게 책에는 특별한 유통기한이 없다. 그리고 범위를 중고책으로 넓히면 책의 유통기한은 급격히 늘어난다.

그래서 폴 발레리는 자신의 강연에서 다음과 같이 말했다.

"종이는 저장장치와 안내자의 역할을 합니다. 단순히 한 사람을 다른 사람과 연결시켜줄 뿐만 아니라 한 시대와 다른 시대를 이어주면서 아주 다양한 신뢰와 믿음의 계약을 수행합니다."

-로타어 뮐러, 《종이》 중에서

그렇다. 내가 대학생 때 재밌게 읽었던 1994년에 인쇄된 《상실의 시대》를 지금 열아홉 청년들이 우리 책방에서 헌책으로 사서 읽는다. 한 시대에 만들어진 책이 두 세대, 세 세대에 걸쳐 유통되어 읽히는 것이 책에서는 그리 낯선 일이 아니다.

중고책은 유통기한도 엄청 긴데 가격도 무척 싸다. 국내 최대 중고책 판매 서점 알라딘에서 검색 한번 해보라. 천 원 한 장에 살 수 있는 좋은 책이 엄청나게 많다. 아멜리 노통브, 에쿠니 가오리, 공지영, 은희경 등 유명 작가의 책들이 단돈 천 원이고, 중고 서적상의 경쟁이 붙으면 오백 원에 판매하는 책도 쉽게 찾을 수 있다. 그런 장점 때문인지 중고책 중심으로 사업을 다변화한 알라딘은 교보, 영풍 등 새 책 파는 대형서점이 고전하는 것과 달리 오프라인 매장을 거의 50개까지 늘리며 승승장구하고 있다.

그런데 중고책 판매가 앞으로는 지금보다 훨씬 더 유망한 사업이 될 것 같다. 우리나라 출판시장은 386세대와 함께 커 왔다고 할 수 있는데, 그들이 대학생이던 1980년대에는 사회과학 서적이 출판시장의 주를 이루었고, 그들이 결혼해서 아이 낳고 열심히 돈 벌던 1990년대에는 유아동서적과 자기계발 재테크책이 전례 없이 성장했으며, 그들이 60대에 접어든 지금은 시니어 전문 출판이 크게 늘고 있다. 분명 그들의 집에는 그 어느 세대보다 책이 많을 것이다. 그런데 이제 곧 그들이 70대가 된다. 그동안 집 안에 쌓아놓은 그 많은 책을 처분해야 할 때가 오고 있는 것이다. 그런데 이제 늙어서 그 무거운 책을 들고 나가 팔 수 없으니 출장 수거하는 중고책 서적상을 많이 부르지 않겠는가? 그러다 보면 공급이 많아질 테고, 그러면 가격은 더 떨어질 것이고, 그렇게 싼 가격에 많은 책을 구입해놓으면, 나중에 요즘의 LP처럼 비싼 가격에 되팔 수 있지 않을까?

사실 요즘도 절판된 일부 중고책은 가격이 어마무시하다. 이덕형 교수가 쓴 《다쥐보그의 손자들》은 정가가 1만 7,000원인데 중고 최저가가 16만 9,000원이고, 롤랑 바르트의 《중립》은 정가 3만 원인데 중고 최저가 9만 6,000원에 올라와 있다. 희귀본만 그런 게 아니다. 절판된 책 중에 새 책보다 두 배 이상 비싼 중고책이 부지기수다. 잭 런던의 《강철군화》는 정가 1만 1,800원인데 중고 최저가 2만 4,000원이고, 심지어 존 어빙이 쓴 《가아프가 본 세상》은 품절된 1편이 중고가 1만 6,500원인데 유통 중인 2편은 3,000원이다.

그런데 이렇게 정가보다 비싼 중고책이 심심치 않게 팔리고 있다. 엊그제 어떤 고객이 오래된 재고 래니 니븐의 《링월드》를 정가 1만 5,000원에 사 가며 흐뭇한 미소를 짓기에 부랴부랴 알라딘에 검색해보니, 이런 젠장! 품절되어 중고가 2만 3,000원에 거래되고 있었다.

지난달엔 이런 일도 있었다. 대학 시절에 읽던 로만 야콥슨의 《문학 속의 언어학》을 한 손님이 사겠다고 가져와서, "비싼

데 사시겠어요?"라고 재차 물으니 고객이 "얼만데요?"라고 되물었고, 당연히 안 살 거라고 확신하며 "2만 5,000원이요"라고 의기양양(?)하게 대답했더니, "그럼 살게요. 온라인에서 5만 원 넘게 거래되는 책인데"라고 한다. 이제 와서 무를 수는 없는 노릇이어서, 하는 수 없이 판매하고 검색해보니, 한 명은 7만 원에, 다른 한 명은 5만 9,800원에 팔겠다고 올려놓은 것이다. 절망하며 신경질적으로 스크롤을 내리는데, 그래도 최저가 2만 8,000원에 한 건 올라온 게 있어 다행이었다. 하지만 어쩐지 선수한테 당한 것 같아 책 팔고 기분 쓰리긴 처음이었다.

그래도 중고책 판매를 늘리고 싶어서 고객한테 매입하는 것을 심각하게 고려 중인데, 한 가지 걱정이 있다. 매입 가격을 어떻게 정하느냐는 것이다. 그리고 내가 책정한 가격을 고객이 수긍하느냐 하는 문제도 있다. 또 수험서나 학습만화, 잡지, 이런 책까지 모두 받을 수는 없기 때문에 책방 콘셉트와 맞지 않는 책을 팔러 오는 고객을 어떻게 되돌려 보내느냐 하는 문제도 있다.

그보다 더 심각한 문제는 중고책을 현금으로 매입하는 알라딘을 책도둑 양산하는 장물아비로 생각하는데, 우리 책방도 그렇게 될 수는 없는 노릇 아닌가? 그래서 고심 끝에 '중고책을 알라딘 매입가에 적립금으로 사겠다'는 나름의 원칙을 세웠다. 물론 알라딘은 현금 주는데 적립금을 주겠다니 경쟁력이 훨씬 떨어질 테지만, 그래도 미래를 위해 해볼 만한 시도라고 생각한다.

그런데 사실 중고책의 진정한 장점은 다른 데 있다. 어렴풋이나마 책의 전 주인이 어떤 사람인지 느낄 수 있다는 점이다. 책머리나 밑면에 학교와 이름을 써놓은 경우도 있고, 본문에 줄을 그은 부분을 통해 어떤 것을 중요하게 여기는 사람인지 짐작해볼 수도 있고, 내지나 본문에 써놓은 글을 통해 그 사람의 내면을 읽을 수도 있다. 소설 《행복은 주름살이 없다》에는 "오래된 책 냄새가 좋아. 교과서 표지에 덧씌운 비닐 냄새가 좋아. 새 학년이 시작되는 9월의 문방구가 좋아. 소설 첫머리의 인용문이 좋아"와 같이 좋아하는 것과 싫어하는 것을 적어놓은 수첩을 주워 읽고, 수첩 주인을 흠모하게 되는 인물이 나온다. 대학 동기 한 명도 학교 앞 중고책방에서 개인 단상이 빼곡하게 적힌 문학과지성사 시집 스무 권을 한꺼번에 사고는 그 책 주인을 찾아 캠퍼스를 헤맨 일이 있다.

그런가 하면 영화 〈조제, 호랑이 그리고 물고기들〉에서 주인공 조제는 할머니가 주워 온 책을 즐겨 읽는데, 카나이 하루키라는 아이가 버린 교과서 사이에 〈SM킹〉이라는 성인잡지가 끼워져 있는 것을 보고 그 아이가 SM 마니아라는 걸 알아채는 장면이 나온다.

심지어 조지 버나드 쇼는 헌책방에서 "___에게 존경하는 마음으로 조지 버나드 쇼가"라는 헌사가 적힌 자신의 책을 발견하고는 그 책을 사서 그 사람에게 다시 보내면서 헌사에 "새삼 존경하는 마음으로, 조지 버나드 쇼가"라고 한 줄 더 보탰다고도 한다.(《서재 결혼시키기》)

예전 주택가에 책방이 있던 시절, 한 할머니가 죽은 남편의 책이라며 《무상의 정복자》《세로 토레》《나의 인생 나의 철학》등 산악 등반 전문 출판사 하루재클럽에서 나온 책을 열몇 권 주고 간 적이 있는데, 남편분이 전문 산악인이었나 싶어 흥미를 갖고 그분의 흔적을 찾아 책 안을 뒤져본 일이 있다. 또 주한 미군 사령부에서 근무하던 사람이 이민을 가게 됐다며 매스마켓 페이퍼백 소설을 세 상자 넘게 주고 간 적도 있는데, 그 상자를 살펴보니 그 사람이 존 그리샴을 좋아하는 미국 대중소설 마니아라는 걸 쉽게 알 수 있었다.

그 사람이 남긴 책이 그 사람이 어떤 사람인지 알려준다. 지금은 없는 사람이라 해도, 세상에 책을 좋아하는 사람들이 있는 한, 그의 존재가 시대와 공간을 초월해 한 사람에게서 또 다른 사람에게로 언제까지나 전해질 수 있는 것이다. 그가 세상에 남긴 책을 통해서.

책방 음악에 대하여

    쇼핑몰 안으로 책방을 옮긴 뒤로 아쉬운 것 중 하나는 음악을 즐길 수 없게 되었다는 것이다. 아니 즐길 수 없는 정도가 아니라 지금은 우리 매장 음악과 쇼핑몰에서 트는 음악이 동시에 들려 혼란스럽기까지 하다.

    한번은 고객이 "어떻게 좀 해봐요. 여기 오면 정신이 하나도 없다니까"라고 항의해서, 담당 MD한테 2층 음악을 조금 줄여달라고 요청했지만 당연히 묵살당했다. 물론 담당 이사가 우리 책방 음악을 좋아해서 책방 주위 스피커 볼륨을 꺼주며 신경을 써주긴 했지만, 개방형 구조라 복도 건너편 스피커에서 울리는 소리까지 막을 수는 없다. 잔잔한 음악을 트는 저녁에는 그래도 견딜 만하지만, 활기찬 음악을 크게 트는 오전에는 고충이 심하다. 심지어 어린이날에는 〈헬로카봇〉 노래를 온종일 틀어대 애들이랑 놀아주지도 못하고 책방에 나온 나를 더 심란하게 한다거나, 크리스마스 때는 '띠 띠리 띠띠리리 띠띠리리리 띠띠리리' 하고 나이트클럽용 캐럴 음악을 끊임없이 틀어대 진짜 머리를 아프게 하기도 한다.

예전에 주택가에 처음 책방을 열면서 예상치 못했던 즐거움 중 하나가 바로 음악을 실컷 들을 수 있다는 것이었다. 20평의 그리 크지 않은 공간이었지만 뻥 뚫린 개방형 구조에서 큰 소리로 시원하게 듣는 음악은 출퇴근길 지하철에서 이어폰으로 듣는 음악과는 질적으로 달랐다.

추적추적 비 오는 밤이면 통유리를 적시는 빗줄기를 보면서 엔니오 모리코네의 〈원스 어폰 어 타임 인 아메리카〉 OST나 영화 〈중경삼림〉 수록곡인 다이나 워싱턴의 〈왓 어 디퍼런스 어 데이 메이드〉, 데니스 브라운의 〈씽스 인 라이프〉 같은 노래를 들으며 분위기를 잡곤 했고, 맥주 한잔 마시고 기분이 업 되면 옛날 많이 듣던 가요 팝송 LP 판을 틀고 향수에 젖어보기도 했다. 또 고음질 MP3 파일을 찾아 인터넷을 이 잡듯 돌아다녀보기도 했고, 어느 손님 없는 밤에는 프로젝터에 연결해 유튜브로 콜드플레이의 〈비바 라 비다〉 라이브 공연을 들으며 LP 바 분위기를 내보기도 했다.

그러다 멘트 없이 노래 제목만 알려주고 계속 음악만 트는 라디오 스위스 인터넷 방송을 알게 된 뒤로, 낮에는 클래식을, 해가 진 뒤로는 재즈를 트는 것으로 정착했다. 책방 고객들도 음악 소리가 좋았던지, "어떤 스피커예요?" "지금 나오는 음악 제목이 뭐예요?" "인터넷 방송인 것 같은데 어떤 방송이에요?"라고 많이들 물었다. 그런가 하면 인근 음식점 사장은 손님 없을 때 가끔 틀어놓던 이글스의 〈호텔 캘리포니아〉 같은 올드 팝송을 우연히 듣고 그 소리가 좋았던지, 틈날 때마다 와서 커피 한 잔 시키고는 "신사장, 팝송 한번 틀어봐라"라고 해서 내 눈살을 찌푸리게 하기도 했다.

사실 나는 음악을 좋아하긴 하지만, 좋은 소리를 더 좋아한다. 음악은 남들만큼만 좋아하는데, 좋은 소리는 남들보다 조금 더 좋아한다. 어렸을 때부터 없는 살림인 줄 뻔히 알면서도 부모님을 졸라 당시 80만 원이 훌쩍 넘는 나름 고가의 샤프 컴포넌트를 사서 듣기도 했고, 가볍고 명료한 소리의 소니보다 무겁고 베이스가 많은 아이와 워크맨을 더 선호했다. 컴퓨터를 갖고 난 뒤로는 사운드 블래스터에서 나온 5.1채널 고음질 스피커로 홈시어터를 구축해 영화를 보았고, 그 뒤로는 와싸다닷컴이라는 오디오 전문 중고 장터를 통해 장비 바꿈질을 해보기도 했다.

　나는 소리가 다르면 감동도 다르다고 믿는 사람이다. 예전 코엑스에서 직장 생활 할 때 근처에 있던 모 오케스트라 연습실로 통하는 지하 계단에서 어떤 신입 연주자가 바이올린 연습하는 소리를 듣고 그 소리의 질감이 너무 좋아 감탄한 적이 있다. 또 체코의 국민작가 보후밀 흐라발의 《엄중히 감시받는 열차》 책을 출간해서 체코 대사가 주최하는 연회에 참석한 적이 있는데, 성악가가 나와서 대사관저 응접실에 서서 노래를 부르는데, 바로 옆에서 들으니 소리가 정말 목에서 나오는 게 아니라 온몸을 울리면서 나오는구나 하고 감탄한 적도 있다.

　그 뒤로 좋은 소리를 내는 앰프나 스피커를 찾아 헛되이 발품을 팔기도 했는데, 고작 중고가 40~50만 원짜리 사는 주제에 그런 소리를 내는 기기를 찾으니 헛수고하는 게 당연했다. 그런 건 웬만한 고가의 하이엔드 앰프나 스피커도 내기 힘든 소리이기 때문이다. 사실 오디오는 돈이 많이 드는 취미라 제대로 즐기려면 재력이 뒷받침되어야 하는데 그런 형편이 못 되어 빈자들의 매킨토시니 하이엔드급 소리를 내는 가성비 최강의 중국산 진공관 램프니 하는 것들만 사서 듣고 있지만, 그래도 조금이라도 더 좋은 소리, 좋은 음악을 듣고 싶은 욕망은 좋은 소설을 읽고 싶어 하는 욕망만큼이나 아직도 가시지 않고 있다.

예전 직장 동료는 내게 그런 취미가 있다는 이야기를 듣고, 자기 형도 그랬다며, 하루는 형이 10원짜리 동전으로 스피커를 괴더니 소리가 좋아지지 않았느냐며 묻는데, 자기는 그게 무슨 지랄인가 싶었다는 이야기를 했다. 그러나 그때 나는 속으로 '앗! 집에 가서 해봐야지' 하고 생각했다.

그런데 이젠 예전 주택가에서 책방 하던 시절과 같은 호사를 누릴 수 없어 안타깝다. 쇼핑몰 운영팀에서 트는 음악이 그리 나쁜 건 아니지만, 그래도 쿵쿵 울리는 건조한 기계음으로 가득한 노래는 잠깐 듣는 손님에게는 쇼핑 욕구를 자극할지 몰라도, 그 소리를 온종일 듣고 있는 나는 어쩐지 신경이 곤두서고 감정은 메말라가는 느낌이다. 그래서 밤 열 시 영업이 끝난 뒤, 차를 몰고 집으로 돌아오는 20분 동안 핸드폰을 옥스 단자로 카오디오에 연결해 듣고 싶은 음악을 쾅쾅 울려대며 마음껏 듣는다. (절대 블루투스로 연결하지 말고 옥스 단자로 연결해야 한다. 라디오 방송도 카오디오 말고 핸드폰 어플로 틀고 그걸 옥스 단자로 카오디오에 연결하면 이전과는 차원이 다른 소리를 들을 수 있다.)

늦은 밤 집에 돌아와 자는 애들 볼에 **뽀뽀** 한 번씩 해주고 맥주 한 팩 마시고 취하면 핸드폰에 이어폰 연결해 김광석의 〈불행아〉, 거북이의 〈비행기〉, 달빛요정역전만루홈런의 〈절룩거리네〉, 유재하의 〈지난날〉, 김현식의 〈어둠 그 별빛〉 같은 노래를 유튜브로 영상과 함께 들으며 잠들기도 한다.

대부분 죽은 사람들 노래다. 이상하게 나는 죽은 사람들 노래에 끌린다. 그들이 살아 있을 때는 별로 좋아하지 않았는데, 오히려 죽고 난 뒤에 더 좋아하게 되었다. 무라카미 하루키의 《상실의 시대》에는 사후 30년이 지나지 않은 작가는 기본적으로 읽지 않는다며, "시간의 세례를 받지 않은 것을 읽는 데 귀중한 시간을 소모하고 싶지 않아. 인생은 짧으니까"라고 말하는 나가사와라는 인물이 나온다. 그 생각에 동의하는 건 아니지만, 어쩐지 나는 이상하게 죽은 사람들 노래가 좋다.

쓸데없는 잡소리를 많이 했다. 책방에는 어떤 음악과 소리가 어울릴까? 예전에 직장에 다닐 때 일본 츠타야 서점에 간 적이 있는데, 실용서적 코너에서 멋진 진공관 앰프에다 커다란 혼스피커로 음악을 틀어놓은 걸 보고, '와, 서점에서 이렇게도 음악을 트는구나' 하고 깜짝 놀란 적이 있다. 책을 고르고 읽기에는 아무래도 날카롭게 쏘거나 쾅쾅 울리는 소리는 어울리지 않는다. 하루 종일 틀어놓아도 편안한 소리를 내주는 진공관 앰프에 혼스피커로 실내악이나 재즈 솔로 음악을 트는 게 가장 낫지 않을까 싶다.

앞에 냇물이 흐르고 뒤쪽으로 그리 높지 않은 산이 있어 조용히 산책을 즐길 수 있는 그런 한적한 시골집에 책방을 열고 싶다. 진공관 앰프에 탄노이 스피커로 재즈 음악을 틀어놓고, 요즘처럼 낙엽이 떨어지는 가을에는 앞마당에 낙엽을 쓸어 모아 태우면서 열어놓은 문을 통해 들려오는 음악 소리를 들으며 그렇게 또 한 계절이 가는구나 생각하며 지내고 싶다. 아, 정녕 꿈이런가.

영화와 책방에 대하여

한가해지면 정동진에 있는 영화 전문 독립서점 이스트씨네에 가보고 싶다. 허리우드 영화관 네온사인과 닮은, 글자를 바꿀 수 있는 독특한 간판에, 영화관 의자가 있고, 영화 원작 소설도 파는 곳인데, 웨인 왕 감독의 〈스모크〉에 나오는 주인공처럼 매일 똑같은 책방 풍경 사진을 찍어서 SNS에 올리는 것으로 유명하다. 정기적으로 영화 상영회도 하는 것 같은데, 그 책방 영화관 의자에 앉아 팝콘에 맥주 마시며 영화 한 편 보고 싶다는 생각을 한다.

우리 책방에서도 예전에 '북앤무비'라는 타이틀로 원작이 있는 영화 상영회를 한 적이 있다. 싸구려 빔프로젝터에 비좁은 좌석, 좋지 않은 음향 때문인지 참석자가 많지 않아서, 〈시크릿 인 데어 아이즈〉(에두아르도 사체리의 《그들의 눈빛 속엔 비

밀이 있다》)〈84번가의 연인〉(헬레인 한프의《채링크로스 84번지》)
〈쉬핑 뉴스〉(애니 프루의《시핑뉴스》)〈스탠 바이 미〉(스티븐 킹의
《스탠 바이 미》)》 이렇게 네 편을 상영하고 끝냈는데, 그때 고객
들과 함께 영화 본 기억은 지금도 좋은 추억으로 남아 있다.

그런데 사실 내게 영화와 관련해 가장 좋은 추억으로 남아
있는 건 대학생 시절 종로 코아아트홀에 드나들던 때다. 당시
나는 무라카미 하루키의《상실의 시대》에 나오는 주인공 흉내
를 내며, 혼자 책 읽고 영화 보는 고독하고 무료한 날을 보내고
있었다. 재수해서 겨우 들어간 대학은 주사파 선배들과 노는
동기들이 주류를 이루고 있어서, 나와 성향이 비슷한 조금은
우울하고 지나치게 진지한 성격의 동기 몇 명을 만나기 전까지
는 대학 교정 밖으로 겉돌았다. 그때 영화는 내게 청춘이라는
어둡고 비린 시간의 터널을 비교적 수월하게 건널 수 있도록
도와준 비상용 랜턴 같은 존재였다.

낯선 유고슬라비아 집시들의 삶을 처음으로 엿볼 수 있었
던 에밀 쿠스트리차 감독의 〈집시의 시간〉, 톱 연주가 인상적인
독특한 상상력의 영화 장 피에르 쥬네 감독의 〈델리카트슨 사
람들〉, 중국 본토의 절경이 기묘한 노래와 어우러진 첸 카이커
감독의 〈현 위의 인생〉, 페터 한트케의 〈아이의 노래〉라는 시

'알스 다스 킨트 킨트 바'로 시작하는 장면으로 유명한 빔 벤더스 감독의 〈베를린 천사의 시〉, 시체 머리가 담긴 상자를 옆에 놓고 백사장에 앉아 해변을 바라보는 엔딩으로 유명한 코엔 형제의 〈바튼 핑크〉, 전쟁의 공포와 악몽 같은 현실을 환상적으로 그린 에드리안 라인 감독의 〈야곱의 사다리〉, 따뜻하고 기발한 묘한 매력을 풍기는 존 애브넷 감독의 〈후라이드 그린 토마토〉 같은 내 인생의 영화 대부분을 그 시절 코아아트홀에서 봤다.

특히 그때 봤던 장 클로드 로종 감독의 영화 〈레올로〉는 내 영화 취향을 결정짓는 나로서는 기념비적인 영화다. 이 영화를 본 뒤로 유난히 성장 영화와 내레이션 영화를 좋아하게 되었기 때문이다. 아빠는 거친 노동자이고, 엄마는 민간요법을 믿어 매일 간 요리를 하고, 누이들은 정신병원을 들락거리고, 형은 깡패한테 맞고 열심히 운동해 '한 근육' 하게 되지만 결국 또 불량배한테 맞는 지진아이고, 할아버지는 똥을 잘 누어야 한다며 금요일마다 설사약을 먹이는 조금은 이상한 가족과 살면서, 꼬마 레오는 "꿈을 꾸고 있는 나는 지금의 내가 아니다"라고 독백하면서, 냉장고 불빛으로 책을 읽고, 떠오르는 생각을 공책에 적으며 자기만의 상상 속에 살지만, 결국 커가면서 현실에 굴복해 꿈꾸기를 포기하고, 미쳐서 정신병원에 들어가는 것으로 영화가 끝난다. 그때 딱 한 번 본 영화지만 아직도 몇몇 장면이 머릿속에 그려질 정도로 선명하게 기억 속에 남아 있다.

물론 그 뒤로 한참 나이 먹고도 가끔은 〈보이후드〉〈맨체스터 바이 더 씨〉 같은 인생의 영화를 만나기도 했지만, 그때만큼 많은 영화에 감동했던 적이 없다. 20년쯤 흘러 내가 노인이 되면 지금 종로 낙원동에 있는 허리우드 실버 영화관처럼 그 시절 코아아트홀 같은 영화관도 다시 생겨날 수 있을까? 그럴 리는 없겠지만 그랬으면 좋겠다.

사실 그때에 비해 지금이 영화 보기에는 훨씬 좋은 환경이다. 동시상영관이나 독립영화관은 사라졌지만, 메가박스, CGV, 롯데시네마 같은 대형 영화체인이 코로나 시대에도 건재하며, 특히 넷플릭스 같은 OTT 서비스를 통해 세계 각국의 영화와 드라마를 대형 OLED TV를 통해 생생하게, 핸드폰을 통해 어디서든 편하게 볼 수 있기 때문이다. 하지만 어릴 적 아버지와 함께 난생처음 들어가서 〈마루치 아라치〉를 봤던 명보극장, 친구들과 설레는 마음으로 영화 보러 시내로 놀러 가서 순례했던 피카디리, 단성사, 서울극장 같은 공간에 대한 감정을 지금은 더 이상 느낄 수 없다. 아니, 어쩌면 〈오징어 게임〉을 보았던 공덕동 래미안 아파트 1504동 1020호, 〈지옥〉을 보았던

3호선 지하철 안, 이런 추억이 남아 있으려나.

몽테뉴는 이렇게 말한다.

"참된 자유와 근원적인 도피와 고독을 누릴 수 있는, 완전히 자유로운 자기만의 헛간 하나쯤은 남겨두어야 한다. 이곳에서 우리는 우리 자신과 일상적인 대화를 나눌 수 있어야 하기 때문에 외부와는 어떠한 연계나 연락도 두절된 고립된 곳이어야 한다. 여기서는 마치 아내도 없고, 자식도 없고, 재산도 없고, 수행원이나 종업원도 없는 것처럼 웃고 떠들 수 있어야 한다. 그렇게 하면 그들을 잃었을 때 그들의 부재가 낯설지 않을 것이다. 우리는 자기 자신으로 되돌아갈 수 있는 영혼을 갖고 있다. 영혼은 자기 자신을 동료로 삼을 수 있다. 영혼은 공격할 수단도, 방어할 수단도 갖고 있다. 받아들일 방법도, 줄 방법도 갖고 있다. 그러므로 이러한 고독 속에서 지루하게 나태한 생활에 빠지지 않을까 걱정하지 않아도 된다."

-몽테뉴, 《수상록》 중에서

그 시절 종로 코아아트홀은 내게 그런 나만의 헛간 같은 곳이었다. 영화를 보며 스스로의 목소리에 귀를 기울였던 곳, 다른 어느 누구도 침범할 수 없는, 오롯이 나 혼자로 남을 수 있던 곳이었다. 비록 그 안에서 때로는 외롭고, 지루하고, 나태하게, 손가락 사이로 시간을 그냥 흘려보내기도 했지만, 진정한 자유, 보다 근원적인 고독과 도피를 한껏 누릴 수 있었다. 그리고 그 뒤로 내 인생에서 그런 시기는 주택가 골목에 미스터버티고 책방을 열기 전까지 한참 동안 다시 오지 않았다.

만약 인적 드문 시골에 숲속 책방을 열 수 있다면 예전처럼 다시 영화 상영회를 열고 싶다. 그렇다면 그때는 〈쇼생크 탈출〉 〈인생은 아름다워〉 〈지중해〉 〈서유기: 선리기연〉 〈볼륨을 높여라〉 〈아이 엠 샘〉 〈터미네이터 2〉 〈모넬라〉(?) 〈천녀유혼〉 〈공동경비구역 JSA〉 〈광해〉 〈타인의 삶〉 〈그을린 사랑〉 〈길버트 그레이프〉처럼 내가 좋아하는 영화를 마음껏 틀어야지. 손님이 있건 없건, 원작이 있건 없건, 비가 오건 말건, 폭풍이 치건 말건, 나 하고 싶은 대로 해야지.

그러면 혹시 누가 알겠는가? 나 아닌 누군가도 그 시간 그 장소를 좋아하게 되어, 우리 책방이 그에게 참된 자유와 도피와 고독을 즐기게 해주는 그만의 헛간이 될지.

손님 없는 날들에 대하여

"딸이었어도 그렇게 예뻐했을까?"

책방 문 닫고 집에 돌아와 맥주 한 잔 마시며 아이들 사진을 보고 있는데 아내가 묻는다. 그런 생각은 해본 적 없지만, 아내가 처음 아기 갖자고 했을 때 나는 기왕이면 딸이기를 바랐다. 늙은 아비한테 딸이 최고라는 건, 아버지 돌아가실 때 누나가 한 것만 보아도 알 수 있고, 처형이나 아내가 장인어른께 하는 것만 봐도 분명히 알 수 있다. 사내자식들은 머리 커서 자기 짝 찾아 따로 살림 차리면 제 식구 건사하기 바쁘지 늙은 아비 따윈 안중에도 없다. 날씨 추워지면 점퍼라도 한 장 사다주며 챙기는 건 그나마 딸이다.

그런데 지금 나는 우리 아들들이 너무 예쁘다. 어제 아침 화장실에서 일 보는데 한 녀석이 밖에 누워서 문을 톡톡 친다. 빼

꿈 문을 열고, "서후야, 아빠 빨리 똥 누고 나갈 테니까 가서 지후랑 놀아. 여기 누워 있으면 냄새나" 하니까, "싫어. 여기서 아빠 기다릴 거야" 한다. 오늘 아침엔 어제 유치원에서 만든 강정을 화장실 문 앞에 내려놓으며 "아빠, 이거 내가 어제 만든 거야. 똥 누고 나와서 먹어. 여기 둘 테니까. 알았지?" 하기에, 일 보고 나가서 "근데 서후야, 이거 너 왜 하나도 안 먹었어?" 하고 물으니, "아빠 주려고" 한다. 나는 장난감방으로 들어가는 녀석을 붙잡아 와락 끌어안았다.

잠자기 전 영상통화를 할 때면 아이는 꼭 "아빠, 언제 와?"라고 묻는다. "두 시간 후에"라고 하면, "세어봐"라며 손가락을 치켜든다. 손가락 두 개를 들어 보이면, 자기도 손가락 두 개를 들어 보이며 "이렇게? 그 정도는 기다릴 수 있지!" 한다. "안 돼. 일찍 자야지~" 하면 "아빠, 일찍 오면 안 돼?"라고 아쉬워한다. "미안. 책방 일찍 닫고 갈 수는 없어. 열 시까지 있어야 해"라고 하니, "왜? 아빠가 사장이잖아?"라고 되묻는다. 잠깐 할 말을 찾다가 궁색하게 "무늬만 사장이야. 코 자면 아빠 집에 가 있을 거야. 잘 자요"라고 하고 전화를 끊곤 한다.

사실 원래 나는 아이들을 별로 좋아하지 않았다. 결혼 후 아이가 생기지 않았을 때도, '늦은 나이에 결혼했으니 어쩔 수 없는 일이지. 근데 아이 없어도 상관없지 않나' 하며 강아지나 한 마리 사서 키우자고 했다. 점점 나이 들어간다고 초초해하는 아내의 성화에 못 이겨 시험관 시술까지 하긴 했지만, 그때도 몇 번 하다 안 생기면 지쳐서 그만두겠지 하는 심정이었다. 그랬던 내가 요즘은 우리 애들뿐만 아니라, 우리 애들 또래나 더 어린 아이들을 보면 나도 모르게 아빠 미소를 짓게 된다. 왜 이렇게 됐을까?

그건 아마도 녀석들과 많은 시간을 함께 보내기 때문이 아닐까 싶다. 산후조리원에서 나온 뒤로 먹이고, 재우고, 입히고, 놀아주고, 아이 키우는 거의 모든 걸 아내를 도와 나도 함께했다. 돕지 않을 수 없었다. 한 명이었다면 나 몰라라 아내한테만 맡길 수도 있었겠지만, 둘이라 도저히 거들지 않으면 안 되었다. 울면 둘이 울었고, 밥도 둘이 같이 먹었고, 똥을 싸도 같이 쌌으며, 열나고 아픈 것도 둘이 동시에 했기 때문에, 녀석들을 돌보는 손도 둘이 아니라 넷이어야 했다.

새끼를 낳으면 수컷은 또 다른 씨를 뿌리기 위해 본능적으로 다른 암컷을 찾아 떠나려 하고, 암컷은 혼자서라도 새끼를 키우기 위해 그 어느 때보다 강인해진다고 하던데, 그 때문인지 아이 태어나고 1~2년은 아내와 엄청 많이 싸웠다. 아이들한테 시달리느라 잔뜩 예민해진 아내는 내게 스트레스를 풀었고, 나는 그걸 제대로 받아주지 못해 혼자 속을 부글부글 끓이다 어느 순간 폭발해버리기 일쑤였다. 물론 지금은 아이들이 커가면서 아이들에 대한 애정도 깊어지고, 아내와 나 사이도 어느 정도 안정되었지만 말이다.

아내가 다시 직장에 나가게 된 뒤로 녀석들 아침 먹이고 유치원에 데려가는 것은 내 몫이 되었고, 네 시 반에 유치원 하원시키는 것도 주로 내가 했다. 예전엔 아르바이트를 세 명이나 둘 수 있어서 가능한 일이었다. 그렇게 아이들과 보내는 시간이 많았기 때문에 지금 이렇게 애정도 깊어진 거라고 나는 생각한다. 물론 그러다 보니 녀석들과 사이가 안 좋을 때도 많다.

며칠 전 아침 일이다. 가자미를 굽고, 한 녀석이 생선 잘 안 먹어 아내가 먹이지 말라고 성화인 베이컨도 구워 차려놓고, TV로 유튜브 보고 있는 녀석들한테 한 숟가락씩 밥을 떠먹이는데, 아니나 다를까 한 놈이 베이컨부터 집어먹으며 생선 안 먹겠다고 버틴다. 나도 갑자기 화가 나서 일단 입에 넣고 못 먹겠으면 뱉으라고 강제로 욱여넣다시피 했는데, 이놈이 씹을 생각은 아예 하지 않고 그냥 입에 문 채 마냥 TV만 쳐다보고 있다. 그 모습에 그만 울화통이 터져 먹지 말라며 밥그릇을 치워버렸다. 그랬더니 가만히 잘 먹고 있던 한 놈도 슬그머니 일어나 안방으로 가서 누워버린다. "너도 안 먹을 거야?" 했더니 안 먹겠다고 한다.

씩씩대며 밥그릇 다 치우고, 기분 가라앉히려고 청소기를 돌렸다. 이놈들은 "아빠, 루씨 날개 찾아줘" "아빠, 지후가 밀어서 발가락 이렇게 됐어" 하며 내 기분을 풀어주려고 하는데, 속 좁은 나는 대꾸도 없이 청소만 했다. 겨우 기분 누그러뜨리고 일단 씻기고 옷 갈아입혀 유치원 갈 준비를 마친 다음, 빵 두 조각 구워 오렌지, 딸기랑 함께 줬더니 게 눈 감추듯 순식간에 먹어 치우고는 "이제 기운이 좀 나네" 한다.

그제서야 나도 겨우 기분이 풀어졌다. 두 녀석을 유치원에 데려다주고 돌아서 가려는데, 생선 안 먹겠다고 버텼던 녀석이 갑자기 들어가다 말고 뒤돌아 나를 향해 뛰어오더니 품에 안긴다. 그러고는 내 손을 잡아끌어 마스크를 벗고 손에 입을 맞춘다. 나도 자리에 앉아 녀석을 꼭 안아주었다. 그러고는 집에 돌아와 애들이 남긴 가자미에 밥 한 숟가락 뚝딱 먹고 가게로 나왔다.

그날 밤 어머니한테 전화가 왔다. "아비야, 애들 저녁 잘 먹었다. 애들이 밥 잘 먹었다고 아빠한테 자랑한대" 해서 받았더니, 한 녀석이 "아빠. 저녁 많이 먹었어. 지후가 유치원 나와서 가게 가자고 떼도 안 쓰고 바로 집에 왔어"라고 하고, 또 한 녀석이 "아빠. 나도 저녁 잘 먹었어"라고 하는 것이다.

그렇게 서로 지지고 볶고 함께하는 시간이 많았기에 내가 지금 이렇게 우리 아들 녀석들을 예뻐하게 된 것 같다. 그런데 코로나가 터지고 매출이 줄고 알바를 줄이면서 점점 아이들과 함께하는 시간도 줄고 있다. 11월에 들어서면서 상황은 최악으로 치닫고 있다. 그래도 10월까지는 견딜 만했는데, 11월 들어서는 견딜 수 없는 매출이 나오고 있다. 사흘 연속 책을 사 간 손님이 두 명이었다. 예전 주택가에 있던 때보다 더 손님이 없는 것이다. 책을 구경하는 고객 자체도 갑자기 많이 줄었고, 책방 SNS 계정에 올리는 게시물의 '좋아요' 숫자도 급격히 줄어들어버렸다.

갑자기 뚝 떨어진 매출 때문에 걱정되어 아내에게 왜 그럴까 물었더니 "위드 코로나 때문에 사람들이 다 놀러 가서 그런 거 아닐까"라고 한다. 그 말을 들으니 오히려 안심이 되었다. 월드컵 예선이 있다거나, 본방 사수해야 할 드라마가 방영된다거나, 폭설이 내렸다거나, 코로나가 터졌다거나 하는 원인이 있는 매출 하락이라면 그나마 견딜 만한데, 그게 아니라 책방 본

연의 기능에 충실하지 못해서, 책방으로서의 매력이 떨어져서
책을 좋아하는 고객들이 발길을 돌린 거라면 사태는 심각해진
다. 그런 거라면 애들이랑 함께하는 시간까지 줄여가며 쇼핑몰
안에서 책방을 할 이유가 없다.

책방에 책 사러 오는 손님이 없다는 건 단순히 월세 낼 돈을
벌지 못했다는 의미에 그치지 않는다. 그것은 보다 더 근본적
인, 존립 자체를 뒤흔드는, 존재 이유를 상실케 하는 심각한 사
태다. 너무나도 소중한 우리 아이들과 함께할 시간까지 줄여가
며 하는 책방인데, 아무도 찾지 않으면 그게 다 무슨 소용이겠
는가?

그래서 나는 또 다른 꿈을 꾸게 되었다. 그렇다. 숲속 책방
이야기다. 차로 한 시간 이내 거리에 값싸고 한적한 시골집을
하나 얻어(그런 집이 있어야 할 텐데……) 중고책 위주의 책방을
하면 어떨까? 손님이 별로 없을 테니 아이들이 유치원 가기 싫
다고 하면 책방으로 데려와 함께 놀 수도 있고, 주말에는 처가
식구와 어머니까지 모시고 와서 바비큐도 즐기며 캠핑 온 기분
을 낼 수도 있고, 또 북스테이를 겸한 값싸고 좋은 중고책을 파
는 숲속 책방으로 소문나면 차를 몰고 찾아오는 고객이 심심치
않게 있어서 지금보다 책방을 하는 의의도 더 찾을 수 있지 않

을까? 아이들과 함께 놀면서 책방도 하는 것은 불가능한 꿈일 확률이 높다. 하지만 여전히 나는 어떻게든 책과 함께하는 꿈을 꾸고 싶다. 아직까지는.

고독에 대하여

요즘 많은 젊은이가 이른 나이에 경제적 독립을 해서 40대 초반 전후에 은퇴하는 파이어족을 꿈꾼다고 한다. '경제적 독립, 조기 은퇴(Financial Independence, Retire Early)'의 앞 글자를 딴 신조어다. 실제로 최근에 와서는 월급 노예로 사느니 씀씀이를 조금 줄이더라도 하고 싶은 것 하면서 행복하게 살고 싶어 하는 젊은이들이 많이 늘었고, 그것을 아무렇지 않게 여기는 시대가 된 것 같다. 우리 때까지만 해도 젊어서 고생은 사서 한다는 세대였지만 말이다.

사실 내가 한창 돈 벌고 사회생활할 나이인 40대 중반에 회사를 그만두고 조그만 동네책방을 연 것도 이런 생각과 다르지 않다. 책방 하면 월 200만 원은 벌 수 있을 것 같았고, 그 돈이면 와이프와 둘이 사는 데 조금 부족하긴 하겠지만 그럭저럭

꾸려갈 수 있을 것 같아서, 하루하루 버티기만 하는 직장인에서 행복한 책방 주인이 되겠다며 와이프를 설득해 시작한 것이다. 책방이 7년째 되어가는 지금, 비록 경제적으로 독립할 수준이 못 되어 나 대신 와이프를 직장으로 내몰고 그 덕에 운영하고 있지만, 조기 은퇴의 의미만은 충분히 누리고 있다. (물론 나 혼자만.)

그런데 조기 은퇴의 선구자는 몽테뉴다. 그는 고등법원에서 일하다 37세에 은퇴했는데, 사람들이 건강과 휴식, 인생을 명예나 영광, 쓸모없고 무가치한 가짜 돈과 바꾸려 한다고 비판하면서, "우리는 충분히 다른 사람을 위해 살았다. 이제 최소한 남은 인생만이라도 자기 자신을 위해 살자. 우리의 생각과 계획을 우리 자신과 우리 자신의 행복 쪽으로 돌려야 한다. 완전히 은둔한다는 건 쉽지 않은 일이다. 다른 일 하지 않고 그 일만 하기에도 바쁘다. 신이 우리에게 이사 준비할 여유를 주셨으니 어서 준비하자. 짐을 싸자. 조기 은퇴하자"라고 말한다.

그럼 은퇴 후의 삶은 어떤가? 당연히 고독한 삶이다. 정년퇴직한 사람들을 보면 알 수 있다. 만날 사람 없고 할 일 없이 혼자 생활해야 하니 당연하다. 젊을 때 조기 은퇴하면 이보다는 덜하겠지만 그래도 은퇴 전보다 훨씬 더 고독한 삶을 살게 될 것이다. 나도 그렇다. 아무도 오지 않는 책방에 혼자 앉아 오래도록 책을 읽고 있으면 문득 고독하다는 생각이 들곤 한다. 서가에 꽂혀 있는 수많은 작가의 수많은 작품이 함께하고 있어 외롭다는 생각은 좀처럼 들지 않지만, 세상 속에 오직 나 혼자 남아 책을 읽고 있는 것은 아닐까 싶어 괜스레 일어나 문을 열고 인적 없는 골목길을 둘러볼 때가 가끔 있다.

그런데 그렇게 혼자 책 보며 보내는 고독한 삶이 좋다. 무언가를 이루려는 목표 따위는 이제 없으니 마음 편하게 그 시간을 즐기면 된다. (물론 돈 걱정, 매출 걱정하느라 바쁘긴 하지만.) 몽테뉴에 따르면 고독의 목적은 느긋하고 편안하게 사는 것이다. 그는 무리 지어 사는 본능에서 벗어나 스스로를 격리시켜 자기 자신을 되찾아야 하고, 자신의 영혼을 되찾아 그 속으로 물러나야 하는데, 이것이 바로 참된 고독이라고 말한다. 진정으로 혼자 살 수 있는 힘, 혼자 편안하게 살 수 있는 힘을 스스로 길러야 한다고 말한다. 타인에게 아무 도움도 안 되고, 짐만 되고, 골칫거리가 되는 인생의 쇠퇴기에 스스로에게도 쓸모없고 짐만 되는 골칫거리가 되지는 말자고, 자기 자신에게 관대하고 스스로를 보살피자고, 자신의 이성과 양심을 존중하고 경외하여 스스로를 잘 다스리자고 말한다.

사실 많은 남자가 은둔의 삶을 꿈꾼다. 2012년 첫 방송 이후 40~60대 남성들한테 폭발적인 인기를 얻으며 지금까지 롱런하고 있는 MBN의 〈나는 자연인이다〉를 보면 알 수 있다. 윤택과 이승윤 두 방송인이 산속이나 외딴섬에서 자연과 함께 홀로 살아가는 사람들을 방문해 그들과 1박 2일 함께 생활하는 자연 체험 프로그램인데, 많은 중년 남성이 가장이라는 사회적 책임에서 벗어나 사회에 얽매이지 않고 자기 뜻대로 사는 사람들을 통해 대리만족하는 것을 보면, 그런 은둔 본능이 누구에게나 있는 게 아닐까 싶다.

그러나 한편으로는 성취 지향적인 사람도 여전히 있다. 얼마 전 책방으로 대학 동기 한 명이 찾아와서 이런저런 이야기를 나누는데, 그 친구가 지금 특허출원을 두 개째 하고 오는 길이고 세 번째도 준비 중이며, 가능하면 중국으로 어학연수도 떠나고 싶다는 말을 해서, 50이 넘은 나이에 어떻게 그렇게 하고 싶은 것도 많고 이루고 싶은 것도 많은지 놀란 적이 있다.

몽테뉴는 이를 기질적인 차이로 본다. 활달한 성격에 영혼이 분주한 사람들, 매사에 열정적이고 온갖 일에 참여하고, 끼어들고, 기꺼이 자신을 바치는 사람들은 아무래도 은둔과는 거리가 멀다. 반면에 감정에 기복이 없고 둔하며, 애착심과 의지가 깐깐해서 다른 사람 밑에서 일하지 않으려는 사람들은 은둔의 가르침에 더 잘 맞는데, 자신도 그런 사람이라고 한다. 나 역시 그렇다.

그런데 고독한 삶을 살 수만 있다면 정말 아무 일 하지 않아도 되는 걸까, 자아실현을 위해서라도 뭔가 해야 하지 않을까, 인생을 너무 헛되이 보내는 건 아닐까, 걱정하게 된다. 실제로 소(小) 플리니우스는 친구한테 성공적으로 은퇴했으니 집안일은 하인들한테 맡겨두고 학문에 정진해 오롯이 자신만의 무언가를 얻으라고 조언하고, 키케로는 공적인 업무에서 물러나 여생을 고독하게 보내며 불멸의 삶을 얻을 수 있는 작품을 집필하는 데 쓰고 싶다고 말한 걸 보면, 그 와중에도 뭔가 뜻있는 일을 해야 하는 건 아닐까 싶다.

물론 몽테뉴는 반대한다. 이들은 팔과 다리는 군중 밖으로 내밀고 있지만 마음과 의도는 그 어느 때보다 더 군중 속에 머물러 있다고 하면서, 그들은 더 멀리 뛰기 위해, 군중 속으로 더 깊이 뛰어들 강한 추진력을 얻기 위해 뒤로 물러섰을 뿐이라고 비판한다. 그러면서 다음과 같은 에피쿠로스와 세네카의 충고를 인용한다.

"자네는 지금까지 허우적대며 부표처럼 살아왔네. 이제 항구로 돌아가 생을 마감하게. 지난 삶을 빛에 바쳤으니 이제 남은 삶은 어둠에 바치게. 일의 결실을 포기하지 않는 한 일에서 벗어나는 건 불가능하네. 그러니 명성과 영광에 대한 걱정에서 벗어나게. 세상이 자네에 대해 뭐라고 떠들든 더 이상 상관하지 말고, 자네가 자네 자신에게 어떻게 말해야 하는지 찾게. 자네 자신 속으로 물러나게. 하지만 먼저 그곳에서 자네 자신을 받아들일 준비를 하게. 자기 자신을 다스리는 방법을 모르면서 스스로를 믿는 건 미친 짓이네. 사람들과 함께 있을 때처럼 고독하게 있을 때에도 실패할 수 있네. 자네가 스스로 잘못을 저지르지 않게 될 때까지, 그리고 자네 자신에 대해 부끄러움과 존중하는 마음을 동시에 갖게 될 때까지, 마음속에 참된 이상을 간직하게."

-몽테뉴,《수상록》중에서

또 지그문트 바우만은 이렇게 이야기했다.

"외로움으로부터 도망치는 사람은 고독의 기회를 놓친다. 사람이 생각을 '그러모아' 숙고하고 반성하고 창조하는 능력, 그 마나이 50이 넘으면서, 내게 뭔가 이룰 수 있는 능력이 없다는 걸 깨달았다. 그리고 그럴 가능성도 희박하다. 50년 동안 이룬 게 없는데, 남은 25년 동안 뭔가를 이룰 가능성이 얼마나 되겠는가. 그리고 이젠 뭔가를 이루고 싶은 마음도 없다. 그저 이렇게 조용히 책방을 하면서 고독하게 책 읽다가 죽는 것 외에 달리 하고 싶은 것도 없다.

몽테뉴는 세상에서 가장 위대한 일은 자기 자신이 되는 법을 아는 것이라고 했다. 내겐 책을 읽으며 고독하게 시간을 보내는 것이 나 자신이 되는 가장 손쉬운 방법인 것 같다. 그러니 다들 지금이라도 동네책방에 가서 고독하게 조용히 책 읽는 시간을 가져보는 건 어떨까?

죽음에 대하여

내가 죽음과 가장 가까웠던 순간은 응급실에 실려 간 아버지 몸에서 오물이 흘러나오는 걸 봤을 때와 화장장 안치실에서 아버지 시신을 어루만지며 잘 가시라고 마지막 인사를 건네던 때다. 아프지 않은 사람이 죽음을 가장 극명하게 느끼는 순간은 아마도 죽은 사람의 몸을 보거나 만질 때가 아닐까 싶은데, 그건 '인간은 반드시 죽을 수밖에 없는 존재'라는 추상적인 생각이 손으로 만져질 만큼 구체화되는 순간이기 때문이다.

우리는 모두 죽음을 두려워한다. 나도 그렇다. 나는 죽는 순간이 너무 고통스러울까 봐 두렵고, 죽으면 나라는 존재가 완전히 사라질까 봐 두렵다. 물론 남아 있는 사람들과 헤어지는 것도 두렵긴 하지만. 그런데 가만히 생각해보면 육체의 고통은 정신이 느끼는 건데, 죽음은 정신이 육체를 벗어나는 일이어서, 죽는 순간 오히려 고통에서 해방된다고 느끼지 않을까? 그리고 모든 종교에서 사후 세계가 있다고 말하는 걸 보면 정말 그런 곳이 존재하는 게 아닐까?

키케로에 따르면 철학을 공부하는 것은 죽음을 준비하는 것에 지나지 않고, 세상의 모든 지혜와 추론은 결국 죽음을 두려워하지 말라고 가르치는 것으로 귀결된다고 몽테뉴는 말한다. 그는 아플 때보다 건강할 때 훨씬 더 병을 두려워하는 것처럼, 잘 살고 있을 때 죽음에 대한 두려움이 더 클 뿐이며, 사람들이 죽음에 대한 두려움 때문에 죽음을 잊고 애써 외면하지만 그것으로는 부족해서 용감하게 죽음에 맞서 싸워야 한다고 강조한다. 죽음의 최대 강점은 낯설다는 점인데 이를 없애기 위해 자주 죽음을 생각하고 자주 죽음과 소통해서 익숙해져야 한다는 것이다.

"백 년 후에 살아 있지 못한다고 한탄하는 것은 마치 백 년 전에 살아 있지 않았다고 한탄하는 것과 같이 어리석은 일이다. …… 죽음의 관점에서 보면 오래 사나 일찍 죽으나 마찬가지다. 왜냐하면 더 이상 존재하지 않는 것을 길다 짧다 말할 수 없기 때문이다. …… 그대가 뒤에 남겨두고 간 시간은 그대가 세상에 나오기 전에 지나간 시간처럼 더 이상 그대의 것이 아니다. 그 시간은 이젠 그대와 무관한 것이다. …… 병든 존재에서 비존재로의 도약은 활기 넘치고 번창한 존재에서 고통스럽고 슬픈 존재로 떨어지는 것보다 더 위험하거나 급격한 변화가 아니다. …… 세상 모든 것이 그대의 길을 따라서 그대와 함께 움직이지 않는가? 그대와 함께 늙어가지 않는 것이 있는가? 천 명의 인간과 천 명의 짐승과 천 명의 다른 피조물이 그대가 죽는 바로 그 순간 죽는다."

-몽테뉴, 《수상록》 중에서

그러면서 몽테뉴는 양배추를 심고 있을 때, 죽음에 무관심할 때, 정원 일을 마무리하지 않은 것에 신경 쓰지 않을 때, 죽음이 자신을 데려가기를 바란다. 나도 그렇다. 책방에서 책을 읽거나 서가를 정리하다 불현듯 그렇게 죽고 싶다.

토머스 바빙턴 매콜리는 시대를 통틀어 가장 위대한 독서가라고 할 만한 인물인데, 세 살 때 독서를 시작해 쉰아홉에 앞에 책을 펼쳐놓은 채 죽었다. 그는 친구에게 "나처럼 책을 사랑하여 죽은 사람들과 대화하며 비현실 속에서 살아갈 수 있다는 것은 얼마나 큰 축복인가?"라고 썼다고 한다.(《서재 결혼 시키기》) 그런가 하면 조선시대 유명한 책쾌(책 파는 직업) 조생은 이렇게 이야기했다고 한다.

"세상의 책이란 책은 다 내 책이오. 세상에 책을 아는 사람도 나만 한 사람이 없을 것이오. 세상에 책이 없어진다면 나는 달리지 않을 것이오. 세상 사람이 책을 사지 않는다면 내가 날마다 마시고 취할 수도 없을 것이오. 이는 하늘이 세상의 책으로 나에게 명한 바이라, 내 생애를 책으로 마칠까 하오."

-이중연, 《고서점의 문화사》 중에서

나도 이들처럼 책과 함께 생을 마치고 싶다. 하지만 오래전 혼자 살던 젊은 시절엔 몽골 평원에 가서 죽거나, 어느 밤 시베리아 횡단열차를 타고 가다가 발을 헛디뎌 꽁꽁 언 시베리아 벌판에 떨어져 죽고 싶다고 생각한 적이 있다.(《용의자의 야간열차》) 아흔의 나이에 요양원에 들어갔다가 자기보다 조금 젊은 친구의 도움으로 다시 예전 혼자 살던 집으로 돌아왔다가, 화이트아웃처럼 세상이 온통 하얀 눈으로 덮인 어느 날 눈 속으로 걸어나가 그냥 눈 속으로 사라지려 한 노인처럼 그렇게 죽고 싶다고 생각한 적도 있다.(《불평꾼들》)

오래전 어느 술자리에서 이 이야기를 한 적이 있는데, 그때 같이 있던 사람이 자기가 러시아 유학 시절 친구랑 보드카 마시다가 한밤중에 집에 가려고 정류장에 웅크리고 앉아 버스 기다리고 있는데, 날은 지독히 춥고, 눈은 내리고, 술기운에 잠까지 쏟아져서, 여기서 자다가 이대로 얼어 죽을 수도 있겠구나 싶었다고 한다. 그때 저 멀리서 75번 마을버스가 오는 게 보여서, '혹시 내가 꿈을 꾸는 건가? 이렇게 죽는 건가?' 싶었지만, 자세히 보니 정말 우리나라 번호판이 그대로 달린 중고 버스가 러시아 한복판에서 함박눈을 뚫고 자기 앞에 와서 서더라는 것이다. 아마도 그는 현실감 없는 내 이야기를 그렇게 우회적으로 비꼰 것인지 모르겠다.

그래도 여전히 죽음은 두렵다. 몇 년 전 아버지가 췌장암 수술 후유증으로 6개월 넘게 누워만 지내다 돌아가시는 모습을 보고 나는 그렇게 죽고 싶지 않다는 생각을 했다. 그리고 대체 왜 그때 그렇게 큰 수술에 별생각 없이 보호자 동의를 했을까 후회하곤 한다. 물론 수술을 받지 않았다면 조금 더 일찍 돌아가셨을 수도 있지만, 최소한 수술 후 돌아가시기까지 2년 동안 그 좋아하는 소주 한잔 못 마시고, 독한 항암약에 방사선 치료로 고통만 받다 돌아가시지는 않았을 거라고 생각한다.

나이 들수록 결국 옛말이 맞구나 하는 생각이 자꾸 드는데, 특히 사람 목숨은 하늘의 뜻에 달려 있다는 건 정말 사실로 믿게 되었다. 죽음은 한낱 인간의 의지로 돌이킬 수 있는 게 아니라고 믿게 되었고, 우연적으로 발생하는 자연현상이라기보다는 마치 누군가 미리 정해놓은 게 아닐까 의심하게 되었다. 그렇다면 죽지 않으려고 노력하는 것보다 살아 있을 때 어떻게 시간을 보내느냐가 더 중요하다. 몽테뉴는 "삶의 유용성은 날짜 수에 있는 게 아니라 시간을 어떻게 사용하느냐에 달려 있다"고 하지 않았던가.

지금 나는 꿈꾼다. 서가에서 책을 나르다 죽는 것을, 책을 읽다 잠깐 졸 듯 그렇게 문득 세상을 뜨는 것을, 그리고 《채링크로스 84번지》에 나오는, 서점 주인의 죽음에 눈물 흘리는 여자 주인공처럼, 그렇게 내가 죽었을 때 눈물 흘리는 미스터버티고 책방 고객이 한 명이라도 있었으면 좋겠다고.

"(신은) 너희가 지나치게 탐욕스럽고 무분별하게 죽음을 찾고 죽음을 껴안지 않도록 일부러 거기에 약간의 쓴맛을 섞어 넣었다. 삶으로부터 도피하지 않고, 죽음으로부터 달아나지 않도록."

-몽테뉴, 《수상록》 중에서

미스터버티고 책방 있습니다

결국 매출 하락을 못 견디고 작년 11월부터 모든 도서 10퍼센트 할인판매를 시작했다. 지하 1층에서 지상 2층으로 이전한 뒤 전용면적 축소로 임대료 미니멈 개런티가 반으로 줄었지만, 그것도 채우지 못할 정도로 매출이 줄어서, 임대료 내느니 고객한테 할인해주는 게 낫겠다고 생각해 어쩔 수 없이 시작한 이벤트지만, 성공하는 책방 주인이 되기 위한 네 번째 전략 '할인하지 말 것'을 스스로 어긴 꼴이다. (내가 하는 일이 다 이렇다. 쩝.)

책 한 권 팔면 이익이 대략 30퍼센트인데, 10퍼센트 할인하면 마진이 33퍼센트 감소해 손익을 보전하기 위해서는 매출이 50퍼센트 이상 늘어야 한다. 하지만 매출이 그만큼 늘지 않아 지금까지는 오히려 이익만 줄었다. 심지어 어제는 어떤 고객이

비봉출판사에서 나온 5만 2,000원짜리 《국부론》 상·하 세트를 계산해달라고 해서 바코드를 찍어보니 입고율이 무려 85퍼센트였다. 10퍼센트 할인해주고 임대료 10퍼센트 내면 팔아서 5퍼센트 손해 본 셈이다. 그러나 어쩌겠는가? 할인해드려야지.

대선 시즌이어서 그런지 장영하의 《굿바이, 이재명》과 박근혜의 《그리움은 아무에게나 생기지 않습니다》를 찾는 사람이 많아서, 그런 뜨내기손님한테 할인 효과가 클 것으로 봤지만, 막상 할인하니 "왜 할인해요? 책방 닫아요?"라며 걱정하는 단골만 늘었다. 하지만 "10퍼센트 할인해서 1만 1,700원 결제 도와드리겠습니다"라고 고객한테 말할 때마다 약간 당당해진 느낌이 드는 것도 사실이다. 말이 문학 전문 동네책방이지 쇼핑몰 안에 있는 특징 없는 작은 서점에 불과하다는 자괴감이 알게 모르게 컸나 보다.

그런가 하면 어제는 아이들 유치원 방학 기간이라 알바를 오전에 써서 오후 다섯 시까지 집에서 아이들과 함께 보냈는데, 거실에서 쿵쾅거리는 녀석들에게 뛰지 말라고 세 번쯤 말하다 결국 울화통이 터져 화를 내고 말았다. 그랬더니 아침마다 내 품에 파고들던 녀석이 오늘 아침엔 안기지 않았다.

책방은 여전히 악전고투 중이고, 아이들은 하루하루 커가고, 나는 오늘도 후회와 반성, 욕심과 무관심을 반복하며 일상을 건너고 있다. 그러면서 틈날 때마다 책방 할 만한 시골집을 찾아 네이버 부동산을 헤매며 또 다른 꿈을 꾸고 있다. "버티고 있습니다"가 아니라, "미스터버티고 책방 있습니다"가 되는 날을 꿈꾸면서. "그래서 행복한가?"라고 누군가 묻는다면, "그렇다. 행복하다"라고 대답하겠다. 그러니 여러분도 부디 행복하기를.

함께 읽으면 좋은 책

C. S. 루이스, 《책 읽는 삶》, 두란노, 2021.
개브리얼 제빈, 《섬에 있는 서점》,
    문학동네, 2017.
게리 슈테인가르트, 《망할 놈의 나라
    압수르디스탄》, 민음사, 2007.
그렉 클라크, 몬티 보챔프, 《알코올과
    작가들》, 을유문화사, 2020.
김훈, 《연필로 쓰기》, 문학동네, 2019.
다와다 요코, 《용의자의 야간열차》,
    문학동네, 2016.
데비 텅, 《딱 하나만 선택하라면, 책》,
    윌북, 2021.
로랑스 코세, 《오 봉 로망》, 예담, 2015.
로런스 블록 외, 《빛 혹은 그림자》,
    문학동네, 2017.
로타어 뮐러, 《종이》, 알마, 2016.
마거릿 애트우드 외, 《데카메론 프로젝트》,
    인플루엔셜(주), 2021.
메리 앤 섀퍼, 애니 배로스, 《건지 감자껍질
    파이 북클럽》, 이덴슬리벨, 2018.
무라카미 하루키, 《상실의 시대》,
    문학사상사, 2000.

문지혁, 《초급 한국어》, 민음사, 2020.
미셸 에켐 드 몽테뉴, 《수상록》, 버티고,
    출간 예정.
박생강, 《우리 사우나는 JTBC 안 봐요》,
    나무옆의자, 2017.
사사키 아타루, 《잘라라, 기도하는 그
    손을》, 자음과모음, 2012.
안가엘 위몽, 《행복은 주름살이 없다》,
    청미, 2021.
알랭 코르뱅 외, 《날씨의 맛》, 책세상,
    2016.
앤 패디먼, 《서재 결혼 시키기》, 지호,
    2002.
앤서니 호로비츠, 《맥파이 살인 사건》,
    열린책들, 2018.
우치누마 신타로, 《앞으로의 책방 독본》,
    터닝포인트, 2019.
이광주, 《아름다운 지상의 책 한권》,
    한길아트, 2001.
이종연, 《고서점의 문화사》, 혜안, 2007.
장 뤽 낭시, 《사유의 거래에 대하여》, 길,
    2016.
제프리 유제니디스, 《불평꾼들》, 현대문학,
    2021.
조해진, 《환한 숨》, 문학과지성사, 2021.
지그문트 바우만, 《고독을 잃어버린 시간》,
    동녘, 2012.
키스 휴스턴, 《책의 책》, 김영사, 2019.
페트라 하르트리프, 《어느 날 서점 주인이
    되었습니다》, 솔빛길, 2015.
표정훈, 《책의 사전》, 유유, 2021.
한강, 《소년이 온다》, 창비, 2014.
한라경, 《오늘 상회》, 노란상상, 2021.
헬레인 한프, 《채링크로스 84번지》, 궁리,
    2021.